Entre dois amores

CAROLINA ESTRELLA

Entre dois amores

Planeta

Revisão: Juliana Rodrigues
Diagramação: 2 estúdio gráfico
Capa: Departamento de Criação Editora Planeta do Brasil
Imagem de capa: Piotr Marcinski
Ilustrações de capa: Giovana Medeiros e FreeImages
Ilustrações de miolo: Giovana Medeiros

CIP-BRASIL. CATALOGAÇÃO NA PUBLICAÇÃO
SINDICATO NACIONAL DOS EDITORES DE LIVROS, RJ

E85e

Estrella, Carolina
Entre dois amores / Carolina Estrella. - 1. ed. - São Paulo: Planeta, 2015.
il.

ISBN 978-85-422-0553-4

1. Romance juvenil. I. Título.

15-23639 CDD: 869.93
CDU: 821.134.3(81)-3

2015
Todos os direitos desta edição reservados à
EDITORA PLANETA DO BRASIL LTDA.
Rua Padre João Manuel, 100 – 21º andar
Ed. Horsa II – Cerqueira César
01411-000 – São Paulo – SP
www.planetadelivros.com.br
atendimento@editoraplaneta.com.br

Prólogo

"Afe! – ou minha nada mole vida"

Este livro foi escrito por mim, Heloisa Martinez, estudante do segundo colegial, aspirante a estilista e que costuma se apaixonar por garotos bonitos e descolados.
(Com comentários totalmente desnecessários de Marina França e sugestões nada interessantes da Senhora Martinez, vulgo minha mãe – haja paciência!)

Antes de tudo começar

Mamãe vive me dizendo para eu parar de me apaixonar por todos os garotos que conheço e eu sempre respondo que não mando em meu coração. Ele simplesmente bate sem a minha permissão e vira uma escola de samba quando um garoto interessante sorri para mim. É tiro e queda! Fico horas pensando nele, descubro onde mora, onde estuda, onde faz curso de inglês, o nome do pai, da mãe, da tia, do irmão. Eu sei que parece obsessão, mas eu chamo isso de paixão precoce. Quem carrega fortes emoções quer saber tudo sobre o seu amado, principalmente quem ama um por semana e esquece que está no segundo ano do ensino médio – e de recuperação em várias matérias.

Heloisa tem mania de olhar um garoto na rua e ficar suspirando o dia todo por ele. Isso sem falar nos atores e cantores famosos. Já cansei de pegá-la escrevendo "Ian Somerhalder + Helô" em todos os livros da casa. Que chatice, isso! Nunca vi uma garota tão dramática. Na minha época eu não era assim, só pensava nos estudos! — Mãe da Helô.

Que mentirosa! A vovó sempre me falou que você arrastava um bonde pelo Rick Martin e pela galera do Menudo. Até fugiu de casa para assistir um show... — Helô

Afe! Ficar de recuperação de português, matemática e biologia é a pior coisa do mundo. Meus pais não me deixam sair para fazer nada, e tenho que fazer tudo o que eles pedem (mandam, na real)! Já sou adulta para lavar roupas, arrumar o quarto, fazer comida e andar de ônibus sozinha, mas não posso dirigir, pois não tenho 18 anos; não posso ir ao Rock in Rio sozinha, porque sou "muito nova para bagunças desse tipo"; não posso nem ir à praia quando quero, porque as aulas de reforço sugam todo o meu tempo e eu não consigo olhar para o mar sem me lembrar de solução salina e química.

Na verdade essa não é a história de uma garota legal. Não mesmo!

Esta história é de uma garota que adora reclamar e dramatizar tudo, mas o bom disso é que essa garota não esperava se apaixonar pelo garoto mais detestável do mundo. O garoto proibido, aquele que não se pode mencionar na mesa do jantar, aquele sem jeito, tímido e sem sal que entrou na minha casa de supetão e saiu escancarando a porta do meu coração.

É isso mesmo! Agora eu estou em frente a um computador escrevendo um monte de palavras sem sentido, para ver se me esqueço daquele sorriso. É, eu amo aquele maldito sorriso sarcástico que ele dá toda vez que eu faço perguntas erradas sobre português. Eu não sei usar "A" com crase, ok? Só sei escvr axim e n sei dizer T <3 na sua língua (só sei escrever assim e não sei dizer te amo na sua língua).

Bom, lamentações à parte, eu preciso contar a minha história para aliviar as minhas dores românticas. Por que o amor é tão doloroso? Mamãe sempre dizia com ironia:

— Não vá se apaixonar pelo seu professor! Você não pode ver aquele garoto que vira outra pessoa!

— Impossível. Eu não quero gostar de um garoto metido, tímido e desengonçado. Eu gosto é de garotos bonitos, mãe. Garotos feios estão proibidos na minha lista — eu sempre respondia assim.

Aposto que você também os exclui da lista na hora em que coloca aquele vestido lindo para ir à festa de aniversário da sua melhor amiga. Quando me arrumo para dançar quero ficar com o garoto mais desejado do momento. Nem olho para os feios, embora alguns sejam bons de papo. Não quero um garoto que fale, quero garotos que beijem... e bem. Não me olhe com espanto, eu disse que era diferente e que não era legal. Não sou mesmo legal com garotos esquisitos e não tenho vergonha disso. Sou uma chata que tem uma paixão secreta. Ah! E eu adoro costurar. Meu maior sonho é montar uma confecção de roupas feitas exclusivamente por mim.

Pode parecer estranho, mas tenho 16 anos e amo desenhar minhas próprias roupas e costurá-las na antiga máquina da minha avó. Aprendi a bordar meu primeiro pano de mesa quando tinha 11 anos. Li várias revistas e furei todos os meus dedos até conseguir bordar um lindo cisne. Vovó ficou tão feliz que me emprestou sua máquina para que eu fizesse bainha em minhas calças jeans. Depois deste dia eu não parei mais de costurar. Fiz casacos de lã, rasguei muitos vestidos velhos e estraguei muitas blusas da minha mãe — na verdade, isso tudo se chama "customizar", tá?

Só quando fiz 14 anos ganhei minha própria máquina de costura e pude pintar e bordar no meu quarto, que é o meu santuário. Não gosto que ninguém, repito NINGUÉM, fuxique as minhas coisas sem permissão e troque os meus quadros e bichos de pelúcia de lugar.

Eu mesma tiro a poeira do meu cantinho e arrumo minha cama para não ver as minhas coisas jogadas no chão quando a minha mãe cisma de fazer faxina. Tenho verdadeira paixão por séries de televisão americana e por bibelôs fofos. A parede principal do meu quarto tem pôsteres de *Vampire Diaries, Once Upon a Time, Gossip Girl, Revenge* e da minha banda preferida, One Direction. Quase não dá para ver a tinta lilás da parede onde minha cama está encostada por conta das inúmeras fotos de amigos e parentes que eu grudei lá. Eu gosto de dormir olhando para os bons momentos que passei com as pessoas que mais amo e de suspirar pelos meus personagens e atores favoritos da TV.

Além disso, adoro passar o meu tempo livre desenhando, olhando tecidos nas lojas, tirando foto de modelitos, olhando desfiles de moda e criando meu próprio estilo. Gosto de usar todas as cores e estampas vivas quando estou alegre; claras, quando estou apaixonada; e escuras, quando estou com raiva do mundo. Hoje, por exemplo, resolvi vestir um short preto, com a barra desfiada, e uma blusa estampada com caveirinhas e manga de tule preto. É, estou com raiva. Com raiva dele e, mais ainda, do seu sorriso. E também da coleção inteira de vestidos e blusas com estampas de boquinhas que fiz para lembrar os momentos que passamos juntos. Momentos que vou contar para vocês nas próximas páginas. Prometo não me envolver demais com o texto e nem demonstrar sentimentos na hora errada. Afinal, vocês precisam conhecer tudo nos mínimos detalhes e da maneira mais clara possível.

Aposto que se pudesse escreveria um livro só de palavras de baixo calão. Cadê a educação dessa menina? — Mãe da Helô.

Mãe, a senhora reparou que fez vários comentários no primeiro capítulo do livro e está atrapalhando a história? Que saco! Afe, fofoqueira! — Helô.

Preparem-se para ler uma história de amor às avessas. Um príncipe desencantado apaixonado pelas palavras da Lei que encontra uma Branca de Neve apaixonada pelo seu closet.

Era uma vez...

Afe! Não! Eu amo histórias de amor, mas começar com esta frase é clichê demais!

Em um reino distante...

Tá bom, tá bom! Meu lado princesa quer fantasiar tudo. Sem problemas, pois eu NÃO tenho mais um lado princesa. Agora eu estou mais para a Rainha de Copas do País das Maravilhas!

— Cortem-lhe a cabeça!

Tá bom. Vamos ao que interessa, sem pressa. Acomode-se em um local confortável, de preferência em uma poltrona que te engula com seus braços fofinhos, ou sente-se em um tapete bem peludo em um quarto com paredes coloridas. Se estiver de noite, ligue a luz, porque ninguém merece ler no escuro — é, eu sei que você faz isso de vez em quando, eu também sou adolescente, esqueceu? Vivo lendo no escuro e, por isso, vivo tendo que ir ao oftalmologista trocar o grau dos óculos. Portanto, não faça mais isso se você tiver amor aos seus olhos. Concentre-se na leitura e entre na minha primeira história de amor.

Capítulo 1

Ninguém merece estudar português!

Look do dia: blusa de cetim branca com gola padre e tachinhas de caveira no short jeans claro desfiado na barra. All Star cor-de-rosa e cabelo preso em um coque fofo.

— Mãe! Eu não quero estudar português. Eu quero ser estilista e ter minha própria confecção. Por que preciso aprender a conjugar verbos se vou acabar vendendo roupas? — perguntei indignada em mais uma das infinitas conversas estressantes que eu tinha com a minha mãe.

— Heloisa Pereira da Silva Martinez, você não pode estar falando sério. Você vai precisar de português para tudo. Exatamente TUDO nesta vida. Como vai falar com os clientes sobre as novas coleções e como vai ler as revistas de moda?

— Mãe, eu terei uma "personal leitora" que fará tudo isso por mim e ainda responderá minhas entrevistas. Pelo amor! Eu odeio ler, quanto mais escrever.

— Helô, volte para a realidade, por favor! Antes de ter "personal" você precisa aprender a usar a crase corretamente e a tirar mais do que nota cinco nas provas de português. Se você não passar de ano, eu juro que jogo aquela máquina de costura fora.

— Fala sério! Ainda estamos no meio do ano e falta muito para o final do semestre. Se você fizer isso eu vou morar no lixo junto com a minha máquina. Ela faz parte de mim, é tipo o meu braço esquerdo. Quer me deixar sem braço? Quer mãe? — provoquei sem razão. Eu sou irritante, mas percebo quando estou errada. Admitir, eu não admito, mas enxergo, que é praticamente a mesma coisa.

— Ai, Helô. Você me cansa, sabia?! Carlos Emanuel, quer fazer o favor de largar este jornal e me dar uma ajuda com a sua filha? — implorou.

— Maria do Socorro, eu já disse para não dar atenção às sandices da Helô. Ela vai fazer Direito e não se fala mais nisso.

— Carlos Emanuel, ela nem sabe escrever uma frase sem abreviar uma palavra, como vai estudar para uma profissão que usa tanto a escrita e a fala? Você parece que não pensa! E quem falou em Direito aqui? Acorda, homem! Sua filha não passou nem do segundo ano do ensino médio, quanto mais no vestibular.

Meus olhos iam de um lado para o outro. Eu estava atordoada e arrasada. Primeiro teria que estudar português para passar de ano e, segundo, teria que contar para o papai que eu não faria, nem sob ameaça de morte, faculdade de Direito. Na verdade, teria que contar de novo, já que falo para ele que quero fazer moda desde os 13 anos. Mas pai entende língua de filha? Entende nada. Ele quer porque quer que sua única filha seja uma doutora ou uma juíza do Trabalho assim como ele. Alguém pode me explicar que graça tem ficar o dia todo julgando a vida dos outros? Ainda mais a vida profissional dos outros? Haja paciência!

— Maria, eu só não quero ver minha filha desempregada e desamparada quando eu morrer!

— Ai Carlos Emanuel, como você é trágico! Helô vai estudar português com um professor particular e está decidido.

— Olá, tem alguém aí? Eu ainda estou aqui na sala... Oi! Pai, eu não vou estudar Direito nem que isso seja a última coisa que eu tenha que fazer no mundo, e, mãe, eu não vou estudar português com nenhum professor chato. Já bastam os que eu tenho na escola e no curso de inglês.

— Ah é? Está reclamando do curso de inglês? Posso te tirar de lá amanhã mesmo, mas aí você vai ter que dizer adeus ao intercâmbio para a Inglaterra...

— Nãooooooooooo, mãe! Eu amo as aulas de inglês, só não curto muito alguns professores! Você não entende nada, hein! — bufei.

— Heloisa, já perdi a paciência com esse seu vocabulário chulo! Vá para o seu quarto pensar na vida e ler um livro, enquanto eu e seu pai conversamos sobre o seu futuro.

— Só acho que se o futuro é meu eu deveria estar no meio da conversa, não? — perguntei chocada. — E pare de me mandar ler livros. Eu não gosto de ler!

— Ela está certa, Maria do Socorro. Filha, sua mãe contratou o filho da Dona Lourdes para te dar algumas aulas de português. Tudo bem?

— Claro que não! Tudo menos isso! Eu não posso ter aulas com um bocó com cara de peixe empanado e frito. Ele é nojento, come meleca, usa óculos quadrados e veste roupas supercafonas. Não posso ser vista com ele. Não mesmo.

— Tem muito "não" nesta frase, mocinha. Ou você faz as aulas ou então não fará vestibular para moda ano que vem. Simples assim!

— Complicado, isso sim! Argh, mãe, vou engolir meleca alheia todos os dias e ter infecção no estômago de tanta gosma verde que vai entrar em mim.

— Essa menina está vendo filmes de terror demais, Maria do Socorro — disse papai tirando os olhos pela primeira vez do jornal e me encarando com reprovação.

— Heloisa, minha filha, já está decidido! Agora vá para o seu quarto pensar na vida e me deixe em paz com o seu pai. Temos que conversar sobre um assunto muito delicado.

Assunto delicado... Sei bem que assunto é esse. Adultos!

Sabe o que era o fim do mundo? Estudar com o filho da Dona Lourdes. Eu nem me lembro mais daquela criatura esquisita de quatro olhos. Eu também tenho quatro olhos, mas os meus são estilosos e decorados por uma armação de oncinha.

Estão vendo como é difícil argumentar aqui em casa? Eu sou apaixonada por moda e costura desde pequena. Sempre desenhei os modelitos das minhas bonecas Barbie e, mesmo antes da minha supermáquina de costura, tentava cortar o pano para vesti-las da melhor forma possível — claro que quase sempre as deixava peladas, era um desastre na costura quando usava cola e durex. Quando conheci meu primeiro kit de agulha e linha, meu mundo mudou. Virei uma costureira de mão cheia e papai sabe disso mais do que ninguém, já que sempre faço as bainhas de suas calças sociais. Entretanto ele custa a entender que costurar não é hobby, é amor, é vida, é meu futuro. Só a vovó me entendia! Eu quero ser uma grande estilista e não preciso estudar português!

Ninguém merece estudar português!

Capítulo 2

O primeiro dia de aula a gente nunca esquece

Look do dia: pijama amarelo e pantufa de elefante. Rá, você achou que eu falaria a roupa do primeiro encontro? Larga de preguiça e leia até o final do capítulo para descobrir!

Queria ser um vampiro! É, um vampiro ou então um zumbi daqueles bem sangrentos que babam pela boca. Ops! Acho que zumbis não babam, mas vampiros transpiram sangue! O que eu estou querendo dizer é que meu humor está pior do que mulher gripada e de TPM. Hoje será o meu primeiro dia de aula com o novo professor de português. Eu sinceramente não sei por que não posso estudar na escola com minhas amigas, depois da aula. Tá, tudo bem que eu faço tudo menos estudar quando me reúno com elas, mas a minha mãe não precisa saber disso, né? Ou será que ela já sabe e é por isso que resolveu arrumar essa história de aula particular?

— Não! Não! Não! — gritei em completo desespero. — Não quero estudar com o vizinho chato — gritei para as paredes, porque minha mãe fingia que não ouvia no quarto ao lado. A casa é pequena, por isso é sempre bom tomar cuidado com as palavras, mas neste caso eu queria que todos na rua ouvissem as minhas lamentações. —

Eu não mereço ter que estudar com um garoto de 18 anos que cospe meleca e assoa o nariz com a mão — ecaaa! — Manhêeeeeeeeee — gritei novamente para ver se ela escutava minhas preces.

— Heloisa — minha mãe respondeu em um tom alto demais para sua idade —, se você gritar mais alguma coisa sobre o filho da Dona Lourdes eu juro que te tranco no quarto e te deixo sem essa máquina de costura até você crescer e me deixar em paz! — ela gritou com todo o ar do pulmão.

Fiquei quieta, fazer o quê? Eu não consigo ficar muito tempo sem costurar. É o que me faz feliz e o que estimula a minha imaginação. Adoro inventar moda e misturar as tendências que vejo. O meu modelito sempre reflete o meu estado de espírito do dia, por isso algumas combinações de estampas ficam bem esquisitas quando corto um retalho para pensar no que fazer. Mas, depois de pronto, o resultado é sempre maravilhoso. Sim, sou uma garota bem metida quando se trata de moda, pois tenho orgulho de tudo o que faço. Só que eu não posso ter aulas com o Rodolfo. Simplesmente não posso! Tenho certeza de que minha mãe ficou toda empolgada ao contratá-lo. Por isso, vou dar um jeito de seduzi-lo. Sei que não é a melhor atitude do mundo, mas eu quero que ele veja que eu cresci e que não estou mais brincando de boneca, que sou uma adolescente madura e posso aprender português sozinha.

— Heloisa! — minha mãe gritou animada. — Venha ver quem chegou, meu amor! — Cantarolou. Eu odeio quando ela fala como se fosse a melhor cantora do programa *The Voice*.

— Quem? O melequento do vizinho? — Gritei de propósito, pois tinha certeza de que ela ficaria roxa de raiva. Ah, se eu fosse um mosquitinho. Daria tudo para ter visto a cara de vergonha dela na frente do professor nojento.

— Heloisa, desça agora! Eu estou mandando! — ordenou.

— Já estou indo, mamãe querida! — debochei. Eu sei que é feio debochar de mãe, mas, hoje, eu estava sem paciência para o politicamente correto.

Terminei de me arrumar e cinco minutos depois desci as escadas bem devagar. Eu queria causar um efeito chocante no primeiro dia de aula. Afinal, toda primeira vez a gente nunca esquece.

Mamãe me olhou com cara de pavor e espanto e o vizinho se virou a tempo de me segurar já que o meu sneaker caríssimo me fez tropeçar nas pantufas do papai. Eu estava linda de short jeans com furos nas laterais e tachinhas nos bolsos, uma blusa de malha preta com um decote enorme e mangas três quartos, meia colorida por cima da meia calça e o sneaker dourado. Era para ele ter caído de tanto olhar para o meu decote e não eu! Que mico! Que vergonha! Eu sabia que esse melequento iria estragar meus planos de fugir da aula. Eu sabia!

— Hã, senhorita Martinez? A senhorita está bem?

Senhorita? Hã? Perdi alguma coisa? Eu não acredito que ele me chamou de senhorita em pleno século 21! E acredito menos ainda na cara de admiração que mamãe fez ao vê-lo me chamar assim. Fala sério, mãe! Isso é ridículo. Não existe adolescente no mundo que chame outro adolescente de senhorita. É proibido, é contra as leis dos jovens descolados e livres. Pelo amor!

— Primeiro, não sou senhorita. Segundo, me chamo Helô — disse bem lentamente para ver se ele entendia, como a minha prima Sofia fala com a sua filha de um ano. Bem len-ta-men-te.

— Heloisa, isso são modos minha filha! — recriminou mamãe me dando o maior dos beliscões. — Até parece que nunca viu o seu vizinho na vida. Esqueceu-se de tudo, minha filha?

Fiquei roxa na hora. Já estava pronta para fugir quando ele abriu a boca e disse:

— Tudo bem, senhora Martinez. Bom, Helô, antes de começar gostaria de dizer que a senhorita deveria se sentir honrada pelo tratamento. Essa é a forma mais educada e gentil que um homem pode tratar uma mulher. No século passado... — eu interrompi o discurso impregnado de chatice com um pigarro, antes que fosse tarde demais.

— Ô... Qual é mesmo o seu nome, hein? Presumo que melequento esteja fora de cogitação — disse com raiva e me fingindo de sonsa.

— Já chega, Heloisa! Depois da aula você vai direto para o seu quarto e vai ficar sem máquina de costura por uma semana.

— Mãe! — gritei. — Eu tenho uma festa para ir no sábado e não posso ir pelada! — Argumentei preocupada.

— E quem disse que você vai a alguma festa? Enquanto não aprender a tratar o rapaz com respeito e não tirar notas boas em português, você não sairá de casa para se divertir. Estamos entendidas?

— Permita-me que eu me apresente de novo, madame. Eu sou César Rodolfo ou Césinha que é como você costumava me chamar.

Revirei os olhos diante de tanta cafonice. Madame? César Rodolfo? Césinha? Socorro! Me tirem daqui, por favor! Eu odeio português, odeio meus pais, odeio César Rodolfo melequento Césinha. Ops! Tá, tudo bem. Eu já conheço esse sujeito, mas não quero falar disso agora. Não vou suportar gastar meu precioso tempo escrevendo sobre uma pessoa que só me irrita.

Mamãe me fez perder o ar com um beliscão nada discreto desta vez.

— Prazer em conhecê-lo, Césinha — entortei a boca para disfarçar o riso. — E desculpe-me pelo apelido maldoso. Tenho certeza que nos tornaremos grandes amigos e viveremos felizes para sempre em uma casinha de campo na Inglaterra do século XVII — debochei.

— Heloisa, você não tem jeito. Bom, vou indo para a manicure. Césinha, se essa moça te importunar muito, largue-a sozinha e me ligue. Eu te agradeço muito por estar ajudando minha filha nesse momento tão difícil. Ela é só uma adolescente que não sabe o que a espera na vida.

Como se César Rodolfo fosse o cara mais experiente do planeta, né?! O garoto tinha acabado de entrar na faculdade de Direito, tinha apenas 18 anos e mamãe achava que ele era "o" adulto do ano.

— Pode contar comigo, senhora Martinez. Vou cuidar da sua filha e educá-la muito bem.

Quando mamãe foi embora eu aproveitei para fugir do melequento inventando uma desculpa para buscar folhas no meu quarto, mas assim que subi o primeiro degrau ele me pegou no colo e me sentou na cadeira. Eu olhei para ele incrédula pronta para gritar muito e fugir dali, mas ele olhou em meus olhos e apontou aquele dedo nojento para mim.

— Escuta aqui madame, você vai me respeitar querendo ou não. Eu me chamo César Rodolfo e não gosto de apelidos com melecas. Se você quer ser criança vá brincar de Barbie. O estudo é coisa séria e você vai aprender português por bem ou por muito mal. Espero que fique feliz com as minhas aulas porque eu amo o que estudo e recebo muitos elogios das minhas alunas — disse com seriedade no rosto e um sorriso torto no canto da boca.

— Até parece que tem muitas alunas dando mole para um garoto branquelo como uma vela, narigudo e quatro olhos — desdenhei com raiva.

Como você é criança, Helô! Melequento? Que infantil! — Mãe da Helô

— Eu tenho esse meu charme de nerd, sou inteligente e sei conquistar uma mulher, portanto, não se apaixone, ok? Só estou aqui para te dar aulas e deixar a sua mãe feliz. Ela me ajudou muito na infância.

Mas que garoto insolente, convencido e estúpido! Como ele ousa mandar em meu coração? E se eu quiser me apaixonar por um melequento, o problema é meu!

— Impossível eu cair de amores por um garoto tão nojento como você, mesmo eu me apaixonando tão fácil.

— Eu sei de sua fama e, se fosse você, nem tentava se apaixonar. Eu sou destruidor de corações — disse com voz sedutora e piscou para mim.

— É mesmo... — pensei alto.

De repente uma memória bem antiga voltou à minha mente e o clima ficou esquisito. Ele me olhou sério e segurou forte um livro antigo em suas mãos.

— Toma, esta será a sua próxima leitura. Quero uma resenha deste livro para semana que vem. — olhei para ele com a boca aberta. — O que foi? Em boca aberta entra mosca, mocinha.

— Você está achando que eu vou ler um livro amarelado com cheiro de mofo? Nem morta!

— Você vai ler sim *Orgulho e Preconceito*, madame. Este livro é o preferido de minhas alunas e tem um vocabulário ótimo para trabalharmos nas aulas.

— Que vocabulário um livro inglês pode acrescentar em uma aula de português?

— Primeiro, o livro está traduzido e tem várias palavras interessantes. Segundo, eu não quero trabalhar o vocabulário em si, quero ver se você consegue entender um clássico e testar seu nível de sensibilidade para um romance.

— Você venceu, vou ler este museu até semana que vem — disse sem paciência.

— É, acho que vamos nos dar bem, madame. — piscou e sorriu para mim. Na mesma hora senti um enjoo no estômago como se um bando de pássaros estivesse lutando em minha barriga.

— Vamos sim, Lorde César! — pisquei também e mostrei a ele que sei muito mais de literatura inglesa do que ele imagina. Aprendi tudo em *Downton Abbey*. Adoro séries antigas de TV, pois o figurino é fantástico.

Capítulo 3

Os intelectuais que me perdoem, mas eu odeio livros antigos

Look da noite: camisola vermelha de bolinha com babado na barra, trança lateral e pantufas do Mickey.

De: helochick@modanaescola.com.br

Para: amandaclarke@modanaescola.com.br

Amandinha,

Preciso de você urgente! Tipo agora! Por que você não responde o WhatsApp? Já deixei umas dez mensagens de socorro. Você não vai acreditar no que aconteceu. Responde! Responde! Para de falar com o Bernardo e me responde!

Beijinhos,

Helô.

....

Sinceramente, não entendo como a Amanda pode ser tão brega a ponto de usar o mesmo nome da personagem principal de *Revenge* no blog, sendo que o seu sobrenome verdadeiro é Degushi. Ela cismou com o Clarke e passou a usar o sobrenome como nome artístico na internet. Sabe o que é pior? Ela não responde as minhas inúmeras mensagens e eu não confio em mais ninguém para me ajudar com meus problemas, que, no caso, incluem certo professor metido que me mandou ler um livro ridículo e velho.

Eu disse pra ele que não leria *Orgulho e Preconceito* nem que Jane Austen ressuscitasse do túmulo e me contasse a história em um castelo enorme, ao lado de um lindo lago, na Inglaterra — bom, neste caso eu até que pensaria na proposta. Mas poxa vida! De uma hora para a outra eu tive que abandonar as minhas criações e meu blog de moda para estudar português — português! — com um garoto bizarro. Afe!

O que as minhas leitoras vão pensar? Vão achar que eu abandonei o *Moda na Escola*. Tenho certeza de que a nojenta da Marina vai ser a primeira a espalhar na turma que eu não tenho capacidade para administrar um blog tão famoso e que a Amanda é o segredo do meu sucesso! Ela tem uma coisa com a Amanda e uma raiva de mim que ninguém consegue explicar. Até a professora de química já percebeu isso, mas não pode falar nada porque a sujeita é poderosa e consegue seduzir todo mundo com o seu sorriso sonso.

Ai, cadê a Amanda? Ela precisa ler *Orgulho e Preconceito* para mim em, tipo, duas horas! Amanda sempre me ajuda nessas horas — traduzindo: ela lê os livros da escola e depois me manda um resumo bem explicadinho da história! Amigona tipo fofa ela! Mas, cadê? Amanda deveria estar online para me ajudar. Ela sempre está livre para mim. Sempre! Não quero bancar a amiga ciumenta, mas ela prometeu e se eu não souber nada deste livro até às 9 horas da manhã de amanhã, o professor melequento vai contar para a minha mãe que não estou estudando e adeus máquina de costura. Ai, já são dez da noite!

Em certo ponto ele está certo. Eu não estou nem aí para as aulas de português, eu quero mesmo é copiar um modelito lindo que vi no corpo da atriz Isabelle Drummond semana passada. Só que é muito difícil copiar um vestido com tantos detalhes. Eu preciso de tempo para olhar e criar. Para isso preciso ficar grudada nas minhas revistas de moda. Só que mamãe as confiscou porque o Césinha, César ou melequento, como preferir, estava de mau humor depois da primeira aula e resolveu dizer a ela que vou precisar de dedicação total para passar na recuperação.

Ai meu Deus! Vibrou! Alguma coisa vibrou na minha cama. Cadê o meu celular? Cadê o Capitão Gancho quando eu mais preciso dele? — Sim, eu dei um nome para o meu celular. Não, eu não sou maluca, só gosto demais desse personagem e resolvi homenageá-lo da melhor forma que encontrei.

— Amandaaaaaaaaaaaa! Graças a Deus! Preciso da resenha de *Orgulho e Preconceito*!

— Calma, Heloisa! Para você estar desesperada assim é porque nem tentou ler o livro, não é?

— Você acha que eu vou perder meu tempo lendo algo mofado que passou pelas mãos daquele que não deve ser nomeado por telefone?

— Ai, Helô! Fala sério! O César é um ótimo professor. Até eu já tive aulas com ele.

— Você? Como eu não sabia disso? Ah, já sei! Sou sempre a última a saber das coisas da sua vida. Aposto que a Marina sabia, não é?

— Por acaso ela sabe, mas isso não vem ao caso. Não aguento vocês duas com esse ciúme bobo. É uma com ciúme da outra o tempo todo. Vocês já foram melhores amigas, esqueceu?

— É, até ela acabar com o meu relacionamento com o Gabriel.

— Ah, sim, e isso justifica você jogar um copo de suco de laranja no cabelo dela em pleno recreio, Heloisa?

— Ué, escapuliu da minha mão! Caiu no cabelo dela? Juro que nem percebi! Pensei que aquele loiro oxigenado combinasse perfeitamente com suco de laranja — disse usando uma das minhas vozes mais cínicas do universo.

— Afe... Você me cansa sabia!? Não sei como ainda sou sua amiga. Você tem uma mente muito perversa — reclamou.

— Você me ama, querida! Amigas que amam as outras não as abandonam e é por isso que você vai fazer a resenha de *Orgulho e Preconceito* para mim. Ah, não sem antes me contar **onde** a senhorita estava e **quando** teve aulas com o Mister Melequento Master?

— Helô, por favor! Pare de chamá-lo assim. Ele é amigo do meu irmão e sempre vinha aqui planejar estratégias para melhorar a escola através do grêmio. Eles ficavam o dia todo discutindo filosofia educacional e, sempre que eu precisava, ele me dava aulas.

— Quantos anos tem esse senhor mesmo? — fiz uma pergunta retórica, mas Amanda, como sempre, não havia entendido.

— Engraçadinha. Ele tem 18, eu acho. Enfim, eu faço a resenha se você ao menos tentar ler o livro. Helô, você precisa ler mais. Eu como uma futura escritora não posso permitir a sua total falta de amizade com os livros.

— Você não vai ser escritora. Vai ser a minha "personal leitora", vai ler tudo o que eu precisar em minha carreira e depois me contar tudo. E eu não li porque tenho alergia a livros.

— Helô, eu não vou ser sua escrava para sempre, e, quer saber — respirou fundo —, só vou te entregar essa resenha amanhã às 6h da manhã com uma condição.

— Que absurdo! Eu não sou tão mandona assim e não te trato como uma escrava. Qual condição?

— Vai ter que ler as 20 primeiras páginas do livro e me contar um resumo do que leu.

— Precisa ser tão cedo? Não pode ser na hora da aula com o Mele... César?

— É topar ou largar, Lolô! Vinte páginas ou nada feito!

—Tchau, Amanda Degushi! Nunca vi japonesa tão exigente! Hahaha.

— Ah, não enche chatinha! — disse em tom de brincadeira.

Desliguei o telefone e fiquei encarando o livro. Ele estava na minha mesa de cabeceira ocupando o espaço de um tecido importado que estava ali há uma semana. Um livro tão amarelo estava estragando a paisagem do meu quarto. Era melhor ler logo antes que a cafonice se espalhasse para o meu cérebro.

Peguei o livro e folheei algumas páginas. Vi uns nomes esquisitos e bufei. Odeio livros velhos, mas é melhor decorar esses nomes, caso o professor chato cisme em fazer uma chamada oral. Anotei alguns deles no caderno. Darcy, William Fitzgerald...

Capítulo 4

Uma nova paixão

Look do dia: short jeans colado, camiseta laranja escrito "amo moda", sandálias havaianas brancas e muita maquiagem.

"É uma verdade universalmente conhecida que um homem solteiro na posse de uma boa fortuna deve estar necessitando de uma esposa."

— Senhorita Heloisa, a que devo a honra de sua visita?

— Ó Darcy, eu preciso dizer que não sei viver sem você!

— Mas, senhorita, eu já sou comprometido com a língua portuguesa!

— O quê? Não. Não! Saia dos meus sonhos agora, maldito!

— Madame, sou eu, o professor de português! Sonhando com o livro?

— O quê? Onde eu estou? O que você está fazendo em meu quarto? — perguntei desorientada com aqueles olhos verdes. Eu já mencionei que ele tinha olhos verdes cor de capim? Pois é, são lindos! Odeio aqueles olhos!

— A sua mãe me deixou subir, já que gritou tanto e você não desceu. Ela achou que poderia ser interessante — sorriu com segundas intenções.

— Interessante? Ela disse isso? — perguntei curiosa.

— Lembro-me de ter ouvido muito bem — respondeu com um olhar esquisito.

Eu sabia! Sabia que esse papo de "não se apaixone pelo seu professor" era conversa fiada. Mãe, você ainda vai me pagar por isso.

Eu não posso acreditar que ela está me empurrando para o cara mais odioso do planeta. Ele é um rejeitado. Eu não consigo suportar a ideia de ficar perto dele. Não depois de tudo que aconteceu!

— Helô, abra os olhos! Eu não tenho muito tempo hoje. Preciso estar na faculdade às 13 horas. Claro que não sem comer alguma coisa antes. Saco vazio não para em pé. Portanto, vamos aos estudos.

Ai, ainda por cima ele usa gírias do tempo da minha avó — ugh! Ela sempre me falava isso quando eu fugia para andar de skate na rua sem comer e nem ao menos trocar o pijama. "Você ainda vai cair do skate de tanta fome, Heloisa!". Ô boca! No dia seguinte eu desmaiei por falta de açúcar no sangue e nunca mais saí de casa sem comer algo antes. Língua de vó é muito poderosa.

Abri os olhos e o encarei. Por que ele estava ali? Por que ele estava no quarto de uma adolescente de 16 anos insistindo para que ela aprendesse a escrever direito?

— Sério, por que você está aqui e não lá fora fazendo sei lá o quê você gosta de fazer?

— Porque sua mãe me pediu um favor e eu quero ajudá-la.

— Ah, conta outra. Fale a verdade! — revirei os olhos.

— Heloisa, nem tudo gira em torno de situações complexas. Eu quero te ensinar a escrever melhor e a tirar notas boas em português. Eu amo a nossa língua e tenho prazer em ensiná-la.

— Tá, então por que não faz Letras em vez de Direito?

— Bom, eu também adoro ganhar uma boa discussão. Agora, vista-se e vamos estudar!

Revirei os olhos e esperei ele sair do quarto. Gente! Eu dormi lendo o livro, mas eu me lembro de ter lido tudo. Ai meu Deus! Eu li o livro todo! TODO. Como pude fazer isso, considerando meus princípios de não ler livros velhos emprestados por professores que odeio?

Amanda! Eu preciso ligar para ela e pedir a resenha. Não tenho tempo de fazer nada. Aliás, eu não sei como fazer resumo, quanto mais uma resenha. Se bem que eu sei dramatizar! Isso! Se ele me pedir para explicar o livro na hora, vou encenar uma cena. A melhor cena do livro é quando eles se declaram um para o outro. Não, não posso fazer essa cena tão cedo. Seria no mínimo constrangedor interpretar algo tão forte. Vou escolher uma simples ou ficar calada e esperar toda essa tempestade de emoções pós-livro passar. É melhor ligar para Amanda e resolver logo isso.

— Amandaaaa! Cadê a resenha? — perguntei desesperada.

— Bom dia para você também, flor do dia. Está no seu e-mail, não viu? — disse com a maior naturalidade, como se sua amiga preferida não estivesse passando por uma situação tão ruim. #dramatica

— Ufa! Você mandou sem eu ter cumprido a condição! Te amo, amiga! — disse feliz e contente por ter uma amiga perfeita.

— Eu só mandei porque sou uma manteiga derretida. Não deveria, mas como sei que você não ia ler mesmo...

— Quem disse que não? Li o livro inteiro e posso contar a história para você umas cem vezes sem errar — me gabei.

— Duvido! Aaaaaaaaaaaaaaaaaaaaaaaaaaaaaaaaah, minha amiga linda está crescendo e lendo livros. Iuhuuu! — gritou de felicidade e eu bufei com vergonha alheia.

— Aposto que está fazendo a dancinha da comemoração — zombei.

— Claro! Agora não vou precisar mais corrigir seus erros no nosso blog de moda. Você vai aprender a escrever direito.

— Tchau, Amanda — disse sem paciência.

Odeio quando ela me critica, mas isso é uma história à parte. Imprimi o trabalho e desci toda descabelada para a aula. Ele já tinha me visto como um lixo mesmo, do que iria adiantar lavar o cabelo, secar e fazer escova?

— Quer dizer que Lizzie Bennet te deixou acordada até tarde, madame?

Lá vem ele com esse madame irritante.

— Lizzie não! Darcy, você quer dizer? E como você sabe?

— Bom, se esqueceu de que fui eu quem te acordei?

— Humpf! — bufei.

— Pode bufar quantas vezes quiser, mocinha. Hoje eu trouxe uma novidade para você e mais um livro — disse com um ar misterioso que deixou meus olhos grudados nos dele. Às vezes ele parecia ter 30 anos, mas outras, quando sorria, parecia ter 16. Como um garoto de apenas 18 anos podia ser tão esquisito e encantador ao mesmo tempo? Não, Heloisa! César de novo não!

— Mais livros? Pode passar. No momento estou anestesiada com os bons momentos que tive com *Orgulho e Preconceito* e estou apta a ler qualquer coisa, até mesmo literatura nacional, que todo mundo detesta.

— Opa! Você pode me tirar fora desse "todo mundo". Eu gosto muito de literatura nacional e contemporânea.

Principalmente os autores independentes que não têm muito acesso às grandes editoras.

— Argh! Você é muito exótico. Adora dar IBOPE para os menos valorizados. Isso é tão clichê — revirei os olhos e zombei.

— Bom, não vou discutir com você antes de convencê-la a ler pelo menos uns 30 livros de autores nacionais. No final do ano conversaremos mais sobre esse assunto.

— Você está achando que eu vou ter aulas com você até o final do ano? Vai sonhando. Vou estudar muito para me livrar de você em um mês.

— Nossa, eu aprecio o seu amor por mim, mas eu sou um professor tão divertido que você vai pedir para estudar mais português. Anote o que estou dizendo, madame!

Revirei os olhos novamente. Hoje eu estava com os olhos nervosos, já era a terceira vez que os revirava e bufava de tédio. O melequento me tirava do sério. Eu? Gostar dele a ponto de querer ter aulas para sempre? Humpf, nunca, nunquinha. Nossa, nem morta.

Começamos estudando interpretação de texto e o uso das vírgulas nas frases. Acho que nem preciso dizer que a aula foi uma chatice. César Meleca, insiste em dizer que eu tenho que ler mais para saber escrever melhor, e eu sempre respondo que não preciso ler para costurar e fazer minhas roupas. Estilistas de sucesso não leem! Pelo menos é o que eu penso. Nas revistas de fofocas nenhum famoso dá conselhos de leitura ou declama uma poesia na entrevista. Isso é totalmente passado. A moda agora é contratar alguém para ler e escrever por você. Aposto que a Carolina Herrera tem um "personal leitor" e um "personal escritor". Ela deve ficar o dia inteiro desenhando suas peças e costurando. É, se bem que ela é muito famosa e deve ter um "personal desenhista" também.

Enquanto pensava na vida, César estava corrigindo uma redação que escrevi sobre as cotas nas universidades públicas. Essa é outra questão que também não compreendo muito bem e com toda a certeza odiei escrever. Como eu queria estar dormindo agora. Daqui a pouco vou ter que me arrumar para ir à escola. Sério, estudar à tarde é muito ruim quando todos os seus amigos estudam de manhã. Só a minha escola tem essa maluquice de colocar os pequenos para acordarem cedo e os mais velhos para dormirem de tédio durante as aulas. Ninguém aguenta almoçar e ir para uma aula de biologia, depois de matemática e, para piorar, de português bem no final do dia.

— Bom, Helô, terminei de ler sua redação e preciso dizer que você tem que melhorar muito, mas já conseguiu expressar seus argumentos com uma certa clareza. O maior problema mesmo é na ortografia. Você está escrevendo muito mal. Sinto muito, mas teremos que ler em dobro. Começaremos por *Dom Casmurro*! Um clássico da literatura brasileira.

Olhei para ele incrédula. Eu sou uma adolescente e não uma barata. Ele não precisava dizer logo de cara que eu era péssima e que nunca saberia escrever uma redação corretamente. Que grosso!

— Bom, já que vou ter que ler esse livro horrível para a próxima aula, será que você pode me deixar ler outros livros do meu interesse? Por que tenho que ler os clássicos? — Perguntei, ignorando meu fracasso na redação. Ele me olhou com pena ou talvez ternura. Não sei, só sei que me encarou por alguns segundos e disse: "Você pode ler o que quiser, Helô. Só que tem que ler junto com os livros que te passo. É um jeito de treinar a sua memória. Semana que vem quero que você junte argumentos para provar que

Capitu é inocente ou culpada na 'suposta' infidelidade com o Bentinho".

— Ah, que ótimo. Você contou toda a história — olhei para baixo com raiva, de alguma maneira eu queria ter o prazer de ler todos os detalhes do livro, sozinha, sem *spoilers*.

— Não se preocupe, não contei nada demais. Agora eu preciso ir. Até semana que vem — arrumou seu material e já estava no meio da sala quando um surto invadiu minha cabeça e eu perguntei, não sei por que, se ele iria à festa do irmão da Amanda no final de semana.

— Claro que vou! Augusto é meu melhor amigo. Estamos programando rodas de leitura com muita comida e livros antigos. Por quê? A senhorita quer ir? — perguntou incrédulo.

— Não é questão de querer ir a uma festa brega de nerds ridículos. A Amanda me pediu para acompanhá-la e eu não posso negar um pedido da minha amiga — disse com a voz trêmula. Eu estava nervosa. Nervosa? Sabe-se lá por quê.

— Bom, então nos vemos por lá, madame! — sorriu e bateu a porta.

Eu fiquei olhando para *Dom Casmurro* e para a porta, ao mesmo tempo e com cara de espanto, até o meu celular apitar e eu descobrir que meu ex-namorado me chamou para ir a uma festa no sábado.

Gabriel
Helosinha,
Festa da galera no sábado. Quero te ver por lá.
Beijos.

Helô
Que horas? Onde?

Gabriel
22h, na casa do Beto.

Seria perfeito se eu não tivesse que ir à festa com Amanda. Ela iria surtar se eu a trocasse mais uma vez por garotos, mas eu não posso fazer nada. Eu quero beijar na boca e não posso nem pensar em deixar Gabriel sozinho dando sopa para a songamonga da Marina. Vou dar um jeito de estar em dois lugares ao mesmo tempo. Ah, se eu pudesse me multiplicar! Quatro Heloisas já estariam de bom tamanho!

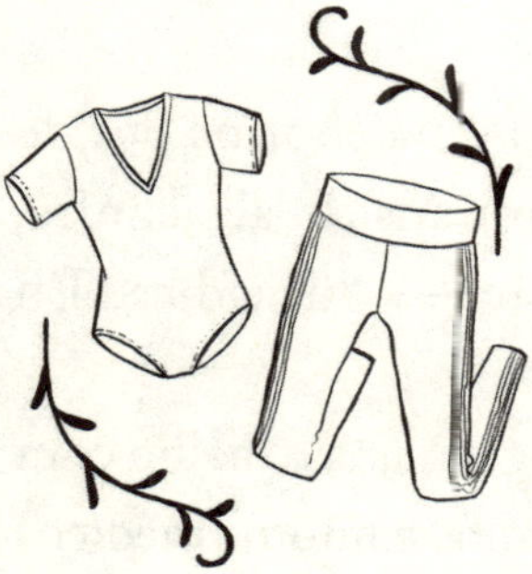

Capítulo 5

Hoje é dia de musculação!

Look do dia: calça de ginástica preta com listras laterais brancas, body preto com decote em V, rabo de cavalo alto e tênis vermelho.

Eu gosto é de causar e de chegar aos lugares chamando a atenção de todos, principalmente de todas. Eu não tenho vergonha de dizer que me arrumo para as meninas da escola. Quero que elas me vejam e me achem linda. Mas confesso que quando me olho no espelho, percebo que preciso perder muitos quilos. É por isso que me matriculei em uma academia há mais ou menos seis meses.

Como não sou burra nem nada, quero emagrecer com saúde, por isso procurei também uma nutricionista que me orientou na alimentação e disse que o meu problema não era excesso de peso, e sim de gordura. Segundo ela, por fora tenho aparência de magra — não acho! — e, por dentro, tenho gordurinhas escondidas por toda parte. Por isso, nada de pizza, batata frita, linguiça, lasanha e biscoitos recheados por um bom tempo. Mamãe adorou esse meu novo estilo de vida. Viciada em uma dieta, ela vive na loja de produtos naturais comprando todas as novidades. Ela é daquelas que vê o *Fantástico* em um dia e no dia seguinte está fazendo fila para comprar o produto mais badalado do momento. Até que não é um estilo de vida ruim, mas tem coisa que ela compra que é fedorenta e já me deixou com uma enorme dor de barriga. Fiquem longe dos comprimidos de alcachofra, ou melhor, tomem com moderação — #ficaadica. Eu exagerei e passei mal por muitos dias.

Vou à academia quatro vezes por semana e malho com dedicação. Sei que tenho apenas 16 anos e muitos médicos têm horror à musculação para adolescentes, mas eu gosto e também não exagero nos pesos. Posso ser uma garota inconsequente às vezes, mas, no fundo, eu sei o que é melhor para mim e não faço nada que vá prejudicar o meu corpinho. Afinal, preciso dele para ser modelo dos meus próprios modelitos no futuro. Quero ser a estrela da minha grife, por isso preciso cuidar da saúde e do corpo. A mente, eu passo, mas meus pais insistem nessa coisa de notas boas, estudo, vestibular, português! Ahhhh! Não aguento mais pensar em verbos e vírgulas! Sério, por mim desapareciam da face da Terra! Eu não preciso deles para escrever mensagens no Facebook e nem no celular.

Como prometi ao professor César que leria *Dom Casmurro* até a próxima aula, levei o livro para começar a ler enquanto pedalava na bicicleta da academia. E não é que o livro velho, com um odor de mofo e traças nas pontas, é mesmo muito interessante?

Shhhh! Não posso dizer isso em voz alta nem sob tortura. Ninguém, nem mesmo Amanda, pode saber que estou me interessando por livros. Isso seria um suicídio social. Garotas bonitas e populares não podem ler livros como se dependessem disso para sobreviver.

Ai meu Deus! Olha o que eu disse! Estou ficando viciada em Bentinho e Capitu! O que será que essa mulher fez de tão grave para despertar a ira desse sujeitinho mal-amado? Ah, porque ele é sim! Onde já se viu abandonar o amor eterno por conta de um ciúme bobo e doentio? Ah, Bentinho! Eu estava me apaixonando por você...

Voltando à vida real e saindo do mundo da literatura, gosto muito de me exercitar e de observar as pessoas da minha academia. As mulheres mais velhas não perdem tempo e botam a fofoca em dia entre um exercício e outro, os homens fingem concentração quando estão pegando pesado, mas viram o pescoço todo quando uma mulher bonita passa. É cada assunto e cada comentário! Prefiro nem repetir aqui.

Gabriel já malhou comigo quando éramos um casal feliz, mas foi só a insuportável da Marina aparecer que ele parou de fazer tudo só para admirar as coxas dela. Ai, que ódio! Eu também tenho coxas, são menores do que as de um gafanhoto, mas são coxas! Ah, quem se importa com isso! Eu tenho peito médio, tenho mãos lindas e um cabelo castanho-claro de dar inveja. Isso sem falar em meus olhos cor de mel. Minha boca, ah, minha boca é delineada e bem carnuda.

Tudo bem que eu não sou muito bonita, mas Amanda vive dizendo para eu parar de besteira e me olhar melhor no espelho. Já olhei para todos os que encontro pelo caminho e não enxerguei toda essa beleza, não. Vai ver tenho problemas com a vista e vejo tudo embaçado mesmo.

Decidi voltar para a leitura de *Dom Casmurro* antes que abandonasse a academia e voltasse correndo para as cobertas do meu confortável quarto. Entre um exercício e outro eu lia uma página! Mas se eu queria mesmo ter um corpo esguio, deveria me esforçar mais e jogar fora todo o chocolate que guardei em meu armário, para casos de emergência feminina, e me concentrar na musculação.

"Olhos de cigana oblíqua e dissimulada."

Essa frase é a descrição perfeita para mim, neste exato momento em que me encontro escondida atrás da pilastra olhando fixamente para um sujeito incrivelmente magro tentando levantar pesos. Tinha que ser ele. A pessoa mais estranha e desengonçada do mundo. O pior era que Gabriel o estava ajudando a malhar e dando dicas de vitaminas de proteína para o pós-exercício. Era só o que me faltava ver o meu professor de português — a pior pessoa do mundo — malhando na minha academia. Quer dizer, malhando não! Pagando mico. Só que, em vez de as meninas se acabarem de rir com a situação, elas resolveram sentir pena e estão TODAS em volta dele, lhe ajudando a ficar mais forte!

Mas de nada está adiantando o esforço das garotas. Ele parece estar no mundo da lua, pois não larga aquele Código de Leis — não sei que leis são (e não me perguntem!) —, nem para pegar o supino. Ele lê um trecho, levanta o supino, lê de novo, levanta mais um pouco o aparelho, e por aí vai. As meninas que não têm o que fazer dão gritinhos de alegria quando ele completa a série e Gabriel o cumprimenta como se fossem melhores amigos. Era só o que me faltava!

— Helô! — ouvi uma voz bem conhecida atrás de mim. — Heloisa! — gritou Amanda. — O que você está fazendo aqui? — perguntou surpresa.

— Ué, estou olhando o movimento da academia. Algum problema? — tentei disfarçar sem muito sucesso, já que minha melhor amiga me conhecia muito bem para saber que eu estava espionando o César.

— Sei! Você está é olhando o sucesso do César Rodolfo que eu sei. Ele está arrasando com as meninas, não está? Sempre gostei do jeito dele, apesar do tipo físico não me agradar tanto — disse ela, olhando para ele com a baba escorrendo pela boca. Como pode deixar seus lindos olhos azuis observarem um garoto tão irritante e magro?

— Fala sério! César é tão magro que dá para ver seus ossos a quilômetros de distância. Parece um morto de fome. Com todas aquelas roupas formais que ele usa quando vai me dar aula, eu nunca tinha reparado em seus braços fortes! Hahaha!

— Helô, você está impossível este mês, hein! Deixe o garoto em paz. Ele não é a pessoa mais linda da face da Terra, mas tem o seu valor.

— Valor, valor... — resmunguei. — Só se for pra você. Eu tenho que aguentá-lo toda terça e quinta. Ainda bem que hoje é sexta! Senão teria que dormir cedo para estar pronta para a aula de madrugada. Acordar às 7h da manhã é uma tortura sem fim.

— Você reclama demais, amiga querida. — Ela me abraçou e beijou meu rosto.

— É, eu tinha uma amiga muito carinhosa que não podia ficar sem um chamego. É por isso que a amo tanto — retribuí o carinho e voltei a olhar para o César, mas ele não estava mais lá.

— Amiga, acho que tem alguém querendo pedalar na sua bicicleta — disse Amanda, sorrindo.

— Ai meu Deus! — Entrei em pânico. — Ele vai ver o livro. Ele viu o livro. Nãoooo! — Gritei e muitos olharam para mim, mas logo depois desviaram o olhar para Gabriel, que estava lindo sem camisa fazendo abdominal no chão.

Lá vem ele com o meu livro nas mãos.

— Amanda, me esconda! Vamos sair daqui agora... — Corri para a escada com Amanda assustada atrás de mim. Mas não adiantou, aquele melequento era irmão do Super-Homem e me alcançou em poucos segundos.

Que raiva! Como fui tão estúpida em deixar meu livro perdido na bicicleta. Com certeza levaria a maior bronca por não tomar conta do que não era meu e blah-blah-blah.

— Heloisa! Que bom ver a madame por aqui. — sorriu para mim. — Bom ver você também, senhorita Amanda. — César a cumprimentou com dois beijinhos e beijou a minha mão.

— Por que comigo tinha que ser diferente? Eu sou uma garota do século passado por acaso?

— Madame, vejo que esqueceu o livro que te emprestei na bicicleta. A leitura estava tão boa assim que resolveu deixá-la por um tempo para pensar no caso Bentinho x Capitu? — perguntou com um sorriso malicioso e bem atraente, mas logo olhei para seus braços finos e sorri internamente.

Gafanhoto! Grilo! Ótimos apelidos e também bichos maravilhosos para uma estampa de saia curta de verão. Acorda, Helô! É só eu viajar que já penso em roupas, modelos, estampas...

— Eu... er... er... — gaguejei e fiquei sem fala. Não queria levar bronca, mas também não queria demonstrar meu interesse pela história. — Eu estava entediada e resolvi ler um pouco, mas é tão chato que esqueci lá. Desculpa. — olhei para ele envergonhada.

— Qual é mesmo o nome do melhor amigo de Bentinho?

— Escobar — respondi rapidamente. Quando vi, o nome tinha saído da minha boca sem eu nem me dar conta, e ele me olhou com um olhar triunfante.

— Pode admitir, nobre aluna, que está apaixonada pelo livro e sabe o nome de todos os personagens. Eu vi você pedalando e lendo. Vi seus olhos e sua expressão de pavor. Com certeza estava lendo a parte final, em que o Dom Casmurro joga fora todo o seu amor por conta de um ciúme doentio.

— Você é impossível! Será que não sai do meu pé nem por um minuto? — Reclamei e olhei para Amanda, pedindo uma solução para sair dali o mais rápido possível. Ela conhecia meus olhares e inventou uma desculpa para fugirmos do interrogatório literário.

— César, nós temos que ir para a aula de ginástica localizada que vai começar daqui a alguns minutos. Se nos der licença, não queremos nos atrasar. A professora é bem brava e dá bronca em quem chega depois da hora.

— Claro, claro! Me perdoem. Só estou feliz por ver que consegui influenciar uma cabeça dura a ler um dos clássicos mais famosos do Brasil — disse com felicidade em todo o rosto. Até as orelhas sorriram.

— Não conseguiu nada! Eu só li porque não tinha nada melhor para ler.

— Sei, sei, madame! — olhou para mim com um olhar dissimulado. — Boa aula, meninas! Eu te vejo na festa, Amanda. Beijos, aluna viciada em livros — correu a tempo de escapar do meu tapa. Ah, eu ia bater nele sim. Ia e ninguém ia me impedir.

— Detesto esse garoto! Ai, como ele me irrita. Eu não sou uma leitora viciada e odeio livros. Só estou lendo esse por obrigação — disse com a cara amarrada.

— Ai, Helô, quando é que você vai aprender a admitir que gosta de certas coisas, apesar delas não estarem na moda? — Perguntou Amanda sem olhar para mim.

Fiquei curiosa e vi para onde seus olhos estavam mirando. Sabia que ela tinha alguma coisa com César. Ela estava interessada nele. Minha melhor amiga estava apaixonada pelo meu professor de português! O garoto mais esquisito e feio da face da Terra.

Tudo bem, tudo bem. Sei que estou sendo muito cruel com ele e que não fui justa em relação à sua aparência. Como já disse, César é bem fortinho, mas seu corpo é magro e eu não vou ficar descrevendo as suas qualidades, quando o que mais quero no mundo é exaltar os seus defeitos para ver se consigo fugir de seus galanteios. Não que ele me paquere o tempo todo, mas eu sinto uns olhares. Opa! Peraí. Eu escrevi galanteios? Manhêeeeee! Você andou trocando as palavras do meu livro por outras da sua época, ou seja, século retrasado?

Nem se atreva a repetir isso! Eu sou muito nova ainda e foi você quem escreveu galanteios. Deve ser influência dos livros clássicos que anda lendo. Que orgulho da minha menina leitora!! – Mãe da Helô.

Capítulo 6

O vocalista misterioso

Look do dia: vestido godê azul royal, com tule nas mangas e no decote, em U. Sandália preta de salto, colar de pérolas e cabelo trançado para o lado direito.

Enfim, sábado! Eu esperei por esse dia a semana toda. Quando chega a segunda-feira, eu já começo a contar os dias para o sábado, e, quando chega a sexta, eu já considero sábado e fico o dia inteiro costurando. Eu gosto muito de criar uma roupa a partir de uma ideia inocente ou a partir de emoções e sentimentos que passam pela minha cabeça e meu coração. Sou emotiva demais e, às vezes, preciso fazer algo para não explodir de raiva quando minha mãe me coloca de castigo ou quando meu pai me ignora para ler o jornal ou ir para o trabalho. Em vez de ir para a rua e fazer besteiras, eu invento moda, literalmente.

No momento estou terminando de costurar a bainha do vestido que vou usar daqui a pouco. Pode parecer esquisito, mas eu tenho mania de só terminar as roupas especiais no dia em que vou usar. Faz parte do processo. Eu quero sentir o tecido, o corte, a linha. Todo material é muito importante para mim. Sou uma estilista movida à emoção. Já fiz cada peça engraçada quando estava com raiva. Na hora acho que está perfeita, mas quando fico mais calma e vejo o monstro que criei, desfaço tudo e jogo os tecidos na caixa dos esquecidos.

Tenho uma caixa com todos os tecidos que usei e não gostei. Não consigo me desfazer deles, da mesma forma que não consigo me esquecer dos olhares da Amanda para o César, ontem, na academia. Ele é tão esquisito. Não consigo enxergar compatibilidade entre os dois. Ela é tão bonita, certinha, meiga. Isso sem falar em seus cabelos curtinhos e lisos, seus olhos repuxados e sua boca fina. Ela era uma sensei chique e elegante. Gosta de se vestir como se fosse sempre para uma reunião de negócios. Aliás, a sua família é dona de uma empresa de cosméticos muito boa. Eu adoro as amostras grátis que ela me dá. Eles fazem milagres com as acnes e sempre me deixam bonita. Já o César, bom, eu acho que nem preciso comentar. Também nem vou perder meu tempo descrevendo-o. Seria um desperdício de neurônios.

Eu me olhei no espelho e gostei muito do que vi. Gabriel não escaparia de mim dessa vez. Isso me lembrou de uma coisa importantíssima! Como eu estaria em duas festas ao mesmo tempo? Pensei muito e só encontrei uma solução: iria primeiro à festa do irmão da Amanda, comeria um salgadinho e fingiria uma dor de barriga aguda por conta do péssimo cozinheiro; depois sairia da festa de fininho, sem esbarrar em César de preferência, e iria para a outra festa. Plano perfeito! Melhor impossível. É melhor correr antes que me atrase e estrague tudo.

Terminei minha costura, fiz a maquiagem e peguei um táxi antes que mamãe me enchesse de perguntas — como eu queria ter uma irmã para dividir as responsabilidades com ela. Ser filha única tem seu lado bom, mas na hora dos problemas é muito, muito ruim. Sobra tudo para mim. Sobra tudo para mim e eu não posso colocar a culpa em mais ninguém. Já tentei culpar o meu gatinho de estimação, o Flufy, mas mamãe ficou uma fera quando descobriu que eu fiz isso. O felino é tão meigo e não merecia ser acusado de comer todos os chocolates que mamãe ganhou de aniversário no ano passado.

Você aperta tanto esse gato, não sei como ele não morre sufocado. – Mãe da Helô.

Mãe, isso se chama amor pelos animais! Eu gosto de dar carinho para o meu bichinho! — Helô

O trânsito estava terrível. Não sei como pode existir tanto carro na rua no sábado. É impossível acreditar que todas as pessoas da cidade resolveram sair para dar um passeio às 20h. Dia de semana tudo bem, mas sábado? É muita falta de sorte. Se eu não chegasse a tempo, não daria para fazer todo o meu espetáculo e fugir.

A minha sorte foi que o motorista seguiu por uma rota alternativa e conseguimos chegar lá em 20 minutos. Mas meus nervos ficaram destruídos. Enganar a melhor amiga não é a coisa mais legal do mundo, principalmente quando eu sei que ela vai precisar muito de mim, já que deve pedir dicas para se aproximar do César. Enquanto eu sou descolada e sem papas na língua, quando o assunto é garotos, ela é tímida e se enrola toda para demonstrar o que está sentindo. Até para ficar com um garoto estranho, em festas, ela me pede ajuda. Eu ajudo, né? Mas não gosto. Quero que ela aprenda a falar sozinha.

Imaginei que a festa estaria vazia com no máximo uma ou duas garotas e um monte de homem, como sempre acontece nas festas da escola. Mas, para o meu espanto, o local estava lotado e tinha uma banda se apresentando. Não consegui ver o vocalista, mas achei o som muito divertido. Era uma mistura de *pop rock* com *country* e *surf music*. Gostei tanto do som que nem vi Amanda correndo em minha direção com um tubinho preto divino e um lindo colar de pérolas no pescoço. Nós nos abraçamos e eu a empurrei logo para a mesa dos quitutes. Estava comendo uns salgadinhos quando eu vi a praga da minha vida: Marina. Aquela garota adorava ficar entre mim e Amanda. Ela nunca desiste de roubar tudo o que eu tenho. Primeiro, foi o Gabriel, mas ela deu azar, porque ele não aguentou por muito tempo e a trocou pelo primeiro rabo de saia que encontrou na academia. Depois, foi a Amanda, que jura de pés juntos que Marina é uma boa pessoa, que só é mal compreendida por mim. Ora! Eu compreendo as pessoas de longe. E conheço bem o tipo da Marina...

— Heloisa Martinez! Que alegria vê-la por aqui e não atrás do meu gatinho do 3º ano — disse a peste se referindo ao MEU Gabriel. Eu não estava mais com ele e sentia uma raiva enorme por tudo o que aconteceu, mas, mesmo assim, ele continuava sendo MEU.

— Para a sua informação, eu prefiro a companhia da minha amiga a de um garoto sem vergonha que dá em cima de todas as meninas. — Claro que isso não era verdade, mas eu precisei mentir para mostrar que já não me importava mais com ele. Se eu demonstrasse qualquer interesse, ela iria atrás dele com certeza.

Estão vendo com quem eu tenho que lidar todos os dias no colégio? O pior é que estudamos na mesma sala e sentamos na mesma fileira. Amanda faz questão de sentar perto "da minha outra melhor amiga". É realmente o fim do mundo ser comparada a uma garota tão insuportável. Mas eu não podia fazer nada, pois era sempre a ciumenta e a implicante.

— Sei! E como estão as aulas particulares? Ouvi dizer que você está quase repetindo o ano por causa da língua portuguesa. Ainda bem que sou muito boa em línguas e passo em todas com nota máxima — olhou para mim com desdém.

Não prestei muita atenção, mas fiquei encucada com a sua atitude. Parecia que Marina estava fugindo de alguém... Bom, não me interessa. A única coisa que importava é que eu ia matar a Amanda por ter contado sobre a minha recuperação de português! Dei um cutucão nela, que não tirava os olhos nem por um minuto do palco. Ela estava fascinada pela banda e alguma coisa de diferente tinha ali, mas antes de olhar eu precisava me entupir de salgadinhos e ignorar a fofoqueira, para fugir dali e ir ficar com o Gabriel. A primeira vez que fiquei com ele foi bem diferente. Estávamos em um acampamento de verão e nos beijamos depois de um dia inteiro de flerte entre árvores e caminhadas. A floresta pode ser um cenário muito romântico. Mas, lembranças à parte, o que ia acontecer esta noite era o que importava pra mim.

— Minhas aulas? Estão ótimas, querida! Vou tirar dez na próxima prova e me livrar de vez dessa tortura de ter que estudar com um professor tão chato — sorri e falei isso só para provocar alguma reação em Amanda que não parava de olhar para um ponto fixo da festa. Já estava me irritando toda aquela falta de atenção.

— Que bom! Amanda, você pode parar de olhar pra lá e conversar com a gente um pouquinho? — Perguntou Marina, acertando pela primeira vez na vida.

— É, amiga. O que tem naquele palco de tão especial que você não tira os olhos?

— Você não viu ainda, tolinha? — Disse Marina cheia de segundas intenções.

— O que, gente? Ai, que saco! Já estou ficando estressada com todo esse mistério e com essa festa lotada. Quem iria imaginar que uma festa de garotos estudiosos daria nisso? — Bufei.

— Ué, só porque meu irmão estuda muito não quer dizer que ele seja antissocial, Helô — falou a desatenta da Amanda.

— Está bem! Está bem, eu me rendo — disse com a boca cheia e as mãos para o alto.

Resolvi dar uma volta e olhar os modelitos das outras convidadas. É sempre bom ver o que as garotas mais velhas estão usando, principalmente as universitárias. Elas sempre criam um estilo à parte e algumas, depois que crescem, ficam muito mais estilosas do que na adolescência.

De repente uma música linda invadiu minha mente e a lembrança da minha banda favorita me deixou agoniada. Eu amo muito One Direction, sou fã de carteirinha, daquelas que cogitam a possibilidade de um dia namorar com um dos integrantes. Harry Styles de preferência. Adoro aquele jeitinho meigo e inteligente dele, e seu ar de mistério deixa o meu coração louco. É o melhor cantor da banda, sem dúvida.

A música despertou minha curiosidade e me fez chegar mais perto do palco, não sem antes empurrar várias garotas tietes que não arredavam o pé do corredor próximo ao palco. Ai, era só uma banda esquisita com um vocalista muito bom. Aliás, muito bom mesmo. Que voz rouca era aquela! Linda demais... O som me guiou para os lábios daquele cantor, a luz estava muito forte e eu não conseguia enxergar seu rosto, mas quando troquei de posição, eu o vi. Ele estava com uma calça jeans surrada, camiseta branca, blazer preto e cabelo todo bagunçado. Por isso não reconheci logo que cheguei. Ele estava disfarçado de vocalista rebelde: era César!

A melodia de *Little Things* não me deixou pensar em mais nada, eu fui me aproximando cada vez mais do palco, guiada por aquela voz aveludada e aquele olhar fixo em meu rosto. Ele me encarava descaradamente e cantava como se eu fosse a sua musa. Como? Eu o odeio! Eu não quero nem me imaginar segurando sua mão. Eca!

Quando ia me virar para procurar as meninas, ele piscou para mim e sorriu. Olhei pra ele por alguns segundos e senti um arrepio estranho, mas logo voltei à realidade e me dei conta de que várias garotas estavam olhando para mim. Ainda bem que Amanda não percebeu nada e veio toda serelepe contar que o César era o vocalista da banda Garotos da Estrada, criada pelo seu irmão.

— Eles não são lindos? Meu irmão querido toca muito bem violão e o César tem uma voz belíssima. Fico toda arrepiada quando o ouço cantar — suspirou.

— Eu também — soltei sem perceber e fiquei vermelha quando me dei conta do que tinha falado.

— Ah, você também fica arrepiada, Helô? Eu também! — Disse a garota que tem paixão por destruir a minha vida amorosa. Só que dessa vez ela ia se dar mal, já que eu não sentia nada por ele.

César terminou de cantar e nem guardou o violão. Desceu como um jato e caminhou em nossa direção. Parecia apressado e sem paciência. De repente senti uma forte dor de barriga e entrei em desespero. Meu coração não parava quieto no peito e minha visão foi ficando turva a cada passo que ele dava. Eu precisava sair dali, antes que desmaiasse de emoção. Não sei o que aconteceu... Talvez tenha sido a música do One Direction, sei lá. Só sei que eu abandonei todos na festa e peguei o primeiro táxi que vi na frente. Só relaxei quando sentei para costurar uma blusa frente única, no conforto do meu quarto.

Não fiquei nem uma hora na festa da Amanda e não pude ir atrás do Gabriel. Graças ao poder do César de deixar os outros sem reação. Como ele pôde cantar uma música tão maravilhosa olhando para mim? Será que Amanda tinha percebido algo? Acho que não. Senão ela teria dito alguma coisa quando mandei um SMS avisando que não poderia voltar por motivos de saúde.

Marina com certeza não notou nada, senão teria se manifestado. Pelo visto ter aulas particulares seria mais difícil do que eu imaginava. Eu bem que avisei minha mãe que não daria certo, mas ela não me ouviu. Agora o professor esquisito canta músicas perfeitas olhando para mim em locais totalmente inapropriados. Eu quase me emocionei. Digo quase porque segurei uma lágrima insistente que queria cair a qualquer custo.

Capítulo 7

O amor não dorme no ponto

Look do dia: uniforme tradicional e brega da escola, com um jeans claro colado, tênis preto de tachinhas douradas, lenço vermelho no cabelo e mochila com estampa colorida.

— Helô, espera! — Uma voz do além me gritou assim que eu entrei na escola.

Segunda-feira é sempre o pior dia da semana pra mim, principalmente depois de uma festa tão esquisita como a do irmão da Amanda. Tudo bem, não foi esquisita, eu é que fiquei surpresa de ver que César tocava violão e ainda cantava bem. Para mim, ele era só o chato do vizinho que queria se meter em minha vida a qualquer custo. Sabe aqueles garotos que têm o prazer de te espezinhar só por diversão?

É isso o que eu penso sobre ele, mas sei lá. Vê-lo cantando de uma forma tão linda, tão delicada, tão perfeita mexeu com a minha cabeça. Mas nada que um dia inteiro de leitura não possa mudar meu pensamento. Eu disse isso mesmo? Eu, Heloisa Martinez, lendo livros? Não pode ser!

César não pode nem sonhar em saber que estou lendo outros livros sem ser os que ele passa. Domingo eu fui ao shopping com os meus pais para almoçar e, quando estava indo ao banheiro, vi uma livraria. Nunca tinha reparado que existia uma lá, parecia que tinha surgido do nada, mas senti uma vontade enorme de entrar e conhecer melhor os livros. Quando dei por mim estava na fila do caixa comprando *O Morro dos Ventos Uivantes*. Não sei o que passou pela minha cabeça para comprar esse livro, mas a sinopse era tão interessante que senti uma vontade enorme de ler. Tipo caso de vida ou morte? Fui consumida pela leitura e abduzida pelos livros. Pronto! Era tudo o que eu não queria. Agora perco tempo lendo e não terminei de costurar a saia rodada amarela que eu ia dar de presente pra Amanda. Isso também é culpa dela que me incentivou a ler.

— Heloisa? — repetiu a voz insistente.

Eu estava de costas para a voz e sem a menor paciência de falar com alguém. Poxa, é segunda-feira! Eu sempre estou de mau humor às segundas-feiras, principalmente porque amanhã é terça e eu terei aula com César Rodolfo.

— Heloisa, você está me ignorando? — Perguntou novamente a voz, me vencendo pela insistência.

— Claro que não! — Virei e dei de cara com Gabriel vindo em minha direção. Gente, será que eu havia me esquecido do som maravilhoso da sua voz? Impossível esquecer Gabriel de Luca Delmonte. Aquele garoto é como bolo de chocolate com muito recheio e calda de brigadeiro. Irresistível!

— Gabriel? É você? — Perguntei aflita e já imaginando a coloração vermelha de minhas bochechas. Eu sempre ficava sem graça na frente dele.

— Ora, claro que sou eu! — Disse com um sorriso lindo. — Quem mais seria? Você estava esperando alguém em especial? — Olhou desconfiado.

— Não. Até parece que existe alguém mais especial do que você neste mundo — flertei.

Ai meu Deus! O que estava acontecendo comigo? Até outro dia eu morria de raiva dele por causa da Marina. Agora eu estava flertando com ele. Eu sei que tinha planejado fazer isso na festa, que eu não fui, mas nunca me imaginei flertando com um garoto desse jeito. Ainda mais depois do que aconteceu com o Gabriel! Sofri tanto quando o peguei aos beijos com a Marina, num canto da cantina. Aquele canto é conhecido por ser o lugar preferido dos casais que querem dar uns amassos na escola. Eu mesma já fui muito lá com o Gabriel. Mas naquele dia eu senti algo e não deu outra. Lá estavam os dois se divertindo. Fiquei tão chateada que voei no pescoço dela. Mas Amanda me segurou a tempo. Eu teria deixado a Marina cheia de hematomas. Ela era uma loira linda, com cabelos escorridos e corpo esbelto. Causava inveja em metade das garotas do colégio, menos em mim que conhecia a sua beleza interior, até aquele dia. A vontade que eu tive era de furar todas as sardas de seu rosto. Como alguém pode ser tão bela com sardas? Só a Marina!

E o covarde do Gabriel não fez nada. Ficou parado nos olhando e depois foi embora. Fiquei mal por muito tempo, mas agora que eles não estão mais juntos eu senti uma vontade enorme de ficar com ele. Não namorar. Eu também não sou burra, mas uns beijinhos não matam, não é? Só que, não sei por que, não o acho mais tão especial assim. Estranho. Exagerei. Deve ter sido o sono e o mau humor.

— Sabe, acordei com uma vontade de você hoje. Que tal irmos ao cinema amanhã para compensar o bolo que você me deu na festa? — Ele me convidou com um sorriso supersexy e um olhar penetrante. Aqueles olhos pretos, combinados com o cabelo enroladinho como o de um anjo e um corpo dos deuses, com certeza ainda mexiam muito comigo.

Só não era mais tão especial. Era normal. Quer dizer, um normal que ainda me deixava muito empolgada.

— Quer saber? Eu pensei a mesma coisa! Vamos sim. Só que eu tenho aula amanhã cedo e, depois, escola. A não ser que... — lembrei-me dos velhos tempos de matar aula para ver filmes. Ele sorriu de um jeito cúmplice e beijou minha testa.

— Eu te pego às 11h? — perguntou com segundas intenções.

— Gabriel, sem segundas intenções. Eu ainda não estou preparada para essas coisas. Só cinema e pronto, ok? — Sorri já imaginando o que me aguardava no dia seguinte. Com certeza muitos beijos escondidos. Iuhu! Adoro ser paquerada pelo gatinho mais desejado da escola. Marina ia morrer de inveja quando descobrisse e eu não faria nada para esconder isso. O Instagram que me aguardasse! Eu ia postar todo o nosso cinema!

— Claro, Helosinha! — Deu um tapinha em meu bumbum e correu para cumprimentar os amigos. Eu fiquei rindo sozinha até encontrar Amanda sentada em um banco olhando para o céu com cara de quem viu um passarinho verde.

— Olá, amiga linda. Terra chamando, Amandinha! — brinquei, mas ela não me deu atenção e continuou olhando para o céu como se eu não existisse.

— Amanda! Acorda! — Sacudi seus ombros. — Vai me ignorar, mesmo? — Perguntei irritada.

— Ah, oi, Helô. Nem tinha te visto aí — sorriu, suspirou e voltou a olhar o céu.

Ah, mas que saco isso, hein! Será que um E.T. tinha abduzido minha amiga? Se bem que ela está estranha desde a festa do irmão. Tentei ligar para ela um monte de vezes, mas ela não me atendeu. O que estava acontecendo com essa menina?

— Amanda! Fala direito comigo! — Exigi.

— O que é, Helô? Não pode me ver feliz, não?

Olhei para ela, incrédula. Eu só queria falar com ela. Eu, hein!

— Amiga, o que aconteceu? — Perguntei preocupada.

— Não sei nem por onde começar, Helô. Só posso dizer que ele é maravilhoso. Perfeito. Espetacular!

— Uau! Estamos falando de um garoto, certo? Você ficou com alguém, amiga? — Disse um pouco alto demais e muito animada para uma segunda-feira, mas ver Amanda tão feliz por conta de um garoto era raridade. Normalmente era eu que ficava assim sempre que beijava alguém diferente.

— Eu não fiquei com alguém, Helô. Eu fiquei com o garoto mais perfeito do mundo! — Disse empolgada.

— Desculpa, amiga. Eu sei que você não ficou com o Gabriel — disse com deboche. Gabriel nunca ficaria com ela. É problema demais até para garotos como ele. Ficar com a melhor amiga chata da ex-namorada é uma coisa, agora ficar com as duas melhores amigas da ex-namorada é demais até para ele.

— Fala sério! Gabriel é pato perto do meu cisne! — Suspirou. — Ele beija tão bem e fala de um jeito tão doce. E quando ele sussurrou que eu era linda? Ai, morri! — Suspirou mais fundo e voltou a olhar para o céu como se tivesse sido abduzida.

Ah, mas esse mistério todo estava me irritando.

— Amanda, conta logo com quem você ficou antes que eu desista de perguntar!

— Eu sei que você vai falar mal e provavelmente fará cara feia — olhou para mim. — Já está fazendo, não é?!

— Claro, se você quer que eu não faça cara feia, não me peça para não fazer.

— Quanto "não" em uma frase só. Odeio "não". Só gosto dos "sim". "Sim, Amanda eu quero ficar com você". — Suspirou de novo e eu quase voei no pescoço dela de ansiedade para saber sobre o sujeito da vez.

Olhei para ela suplicando por um nome.

— Está bem. Eu fiquei com o César! — Levantou-se e começou a gargalhar. — Eu beijei o cara mais perfeito do mundo! — Deu pulinhos de alegria e eu fiquei sem reação.

Ela ficou com o César? O mesmo César que cantou uma música linda olhando em meus olhos no sábado? Eu não quero nada dele, nem chegar perto, mas ele cantou a música pra mim e garotos não cantam músicas para amigas da garota que ele está ficando.

— Você tem certeza que ficou com o César, Amanda?

— Não, Helô. Eu definitivamente não vi quem estava me beijando e quem ficou abraçadinho comigo a noite inteira. Fala sério! Parece até que não está feliz por mim. Poxa, eu estou apaixonada por ele. Eu sei que você não gosta dele, mas eu sim. Faça um esforço de aceitá-lo por mim, pois tenho certeza de que em breve ele vai me pedir em namoro.

— Calma, Amanda! Vocês ficaram só por uma noite — olhei para ela assustada e mais branca do que um copo de leite — Eu o acho muito chato, mas se você está feliz, eu fico feliz por você, sim. Mas vá com calma. Ele é mais velho, está na faculdade e talvez não queira namorar uma garota mais nova.

— Helô. Eu sou só um ano mais nova do que ele. Fala sério! E eu sei que foi especial para ele também.

— Se você está dizendo... — levantei do banco, me despedi dela e fui para a sala de aula. Essa tarde estava muito agitada para uma segunda-feira. Amanda com César? Por que a minha cabeça não conseguia processar essa informação? E por que a música *Little Things*, do One Direction, não saía da minha cabeça?

Passei a tarde toda olhando para o teto e desejei sumir. A professora já está acostumada com as minhas viagens na aula e nem reclamou quando o sinal tocou e eu continuei sentada pensando no novo casal. Ouvir Amanda falando do César com tanto carinho me incomodou. Eu odeio César, mas toda vez que penso nele sinto um nó no estômago. Amanhã eu tenho aula com ele e não quero ouvi-lo comentar sobre Amanda. Seria o fim para mim. Cheguei em casa desanimada e me distrai costurando um pouco antes que minha cabeça estourasse com tanta informação indesejada.

Capítulo 8

A aula mais animada de todos os tempos

Look do dia: camiseta vermelha com bolinhas pretas, sapatilha e calça preta. Arco com lacinho vermelho e maquiagem leve.

— Bom dia, joaninha? Vai passear pelo gramado hoje? — Perguntou César com um ânimo enorme. Deve ser porque ficou com Amanda. Ela ficou o dia inteiro falando no meu ouvido o quanto estava feliz por ter ficado com ele, que ele beijava muito bem, que ele era muito carinhoso, que ele tinha um sorriso incrível. Sério? O que eu tenho a ver com isso?

Sou egoísta mesmo e não me interesso pelos assuntos entediantes da minha amiga. Eu adoro saber de fofocas, mas César é meu professor, é nojento, é meu vizinho e eu fui feita para odiá-lo. Quando estava na barriga de minha mãe eu senti quando ela o pegou no colo e o ninou até ele dormir. Ele roubou a atenção da minha mãe, sem nem eu ter nascido. Como eu sei disso? Ela conta até hoje com muito orgulho como aprendeu a cuidar de mim, ajudando a Dona Lourdes a cuidar do César. "Aquele garoto não parava de chorar. Só ficava quieto quando eu o colocava perto da barriga e o ninava". Eu já nasci com um ciúme enorme! Sou muito possessiva com as minhas coisas e não gosto de garotos que roubam a atenção da minha mãe. Se antes era assim, imaginem hoje.

Quando desci para mais uma aula chata, César estava tomando café da manhã e contando para mamãe que adora cantar. Os dois conversando felizes e eu ali tendo que acordar às 8h da manhã para estudar português! Não adianta, eu não vou me conformar nunca em ter que estudar gramática em casa. As palavras tinham invadido meu único refúgio. Definitivamente, eu não mandava mais em minha vida. Sair com o Gabriel hoje, escondido de minha mãe, seria um sinal de resistência. Quero minha vida de moda e glamour de volta. Sem português! Sem redação! Sem gramática!

— Terra chamando minha filhota! — Disse mamãe.

— Oi, mãe — bufei e respirei fundo.

— Aonde você vai toda arrumada assim? — Perguntou desconfiada.

— Vou tirar umas fotos para o blog na escola. Só queria ver como fica essa blusa em mim, depois eu tiro e coloco o uniforme — disse com o sorriso mais falso do mundo. Ela nunca ia descobrir que eu iria sair com Gabriel. Aliás, ela nunca descobriu nada de errado que eu fiz. Ela desconfia sempre, mas eu sei esconder muito bem.

— Então está bem, minha filhinha linda — apertou minhas bochechas com força e foi para a cozinha. Adorava quando ela fazia isso na frente do César. Gosto de mostrar a ele que a mãe é minha!

— Bom dia, César. Fiquei sabendo que a noite de sábado foi boa, não é? — Perguntei com a intenção de deixá-lo sem graça. — Quais suas intenções com a minha amiga? — Olhei para ele com ar de triunfo, mas o meu estômago estava em pedaços. Algo que comi no café da manhã me deixou com a sensação de borboletas pegando fogo na barriga.

Para a minha surpresa ele olhou para mim e disse sem a menor vergonha.

— Não te devo satisfações da minha vida pessoal, madame. Foi muito bom sim e pretendo repetir. Sua amiga é muito especial — piscou.

Uma raiva surgiu em mim e meu rosto ficou vermelho. Como ele pode ser tão... tão... não sei o que dizer! Como ele podia me deixar sem palavras quando era para ele perder a fala? Eu levei um fora da pessoa mais antissocial do planeta. A vontade de enfiar a minha cabeça em um buraco negro e ser teletransportada para o castelo do Harry Potter era enorme. Sempre quando quero fugir de algum lugar me imagino em Hogwarts, conjurando o "Expecto Patronum" contra a pessoa que está me irritando.

— Ela é sim, muito especial — disse bem baixinho e com a cara para o chão. Ele ficou me encarando durante alguns segundos até levantar meu queixo e olhar nos meus olhos. Minha respiração ficou acelerada, meu coração batia tão descompassado que eu achei que ia morrer. O que estava acontecendo comigo? — Só que não é para o seu bico. Acho que você deveria procurar garotas em outro lugar. Que tal na faculdade?

— Se isso tudo é ciúmes, saiba que você ainda é muito especial para mim — sorriu e beijou minha testa. — Agora, vamos ao que interessa. Sente-se no sofá, enquanto eu vou pegar a surpresa da aula de hoje.

Fiquei sem reação. E-U-F-I-Q-U-E-I-S-E-M-R-E-A-Ç-Ã-O.

Sentei no sofá como um cachorro adestrado e esperei o meu dono trazer o brinquedinho para alegrar a manhã. Quando ele voltou eu estava tão chocada que devo tê-lo assustado.

— Está tudo bem, joaninha? Parece que viu um fantasma? — perguntou com um ar de deboche.

— Eu vi você encostando sua mão nojenta em mim e inventando coisas — reclamei irritada.

— Coisas? Por que você não admite logo que não vive sem mim e larga logo aquele garoto sem cérebro?

— Espero que não esteja se referindo ao Gabriel, já que você não chega aos pés dele. Você é sem sal e metido a intelectual. Ele sabe como conquistar uma garota.

— Eu posso não ser o garoto mais bonito do mundo, mas sei valorizar uma garota como ela merece. E aquele garoto só te faz mal.

Olhei para ele sem acreditar que estávamos tendo esta discussão. Quem era ele para se intrometer em minha vida? Logo ele que acabou de ficar com a minha melhor amiga.

— Eu vou embora daqui. Não sou obrigada a falar sobre relacionamentos com um estranho — falei olhando diretamente em seus olhos com o objetivo de feri-lo, mas ele sorriu e, como se nada tivesse acontecido, continuou a aula.

— Essa é a Heloisa que conheço! Vamos começar? Trouxe a resenha de *Dom Casmurro*? Já vi que você amou o livro.

— Gostei sim, mas isso não é da sua conta — entreguei a resenha para ele e deitei no sofá.

Ele sentou no outro sofá, desencapou seu violão, afinou as cordas e começou a tocar. Eu olhei para ele incrédula e comecei a rir. Que aula mais esquisita era aquela? Agora iríamos aprender português cantando músicas?

Já estava quase reclamando quando ele começou a cantar algo bem esquisito e engraçado. Quando dei por mim vi que ele tinha feito um funk sobre crase e vírgulas. Ah, não! Era só o que me faltava ter um professor moderninho que ama ensinar rimando gramática e ainda por cima usa violão para tocar batidão. Pra que afinar as cordas se só vai bater no instrumento? Sujeito mais esquisito...

"A vírgula é nossa amiga
Não tenha medo não
Mas não separe o verbo
Do sujeito boladão.

O sujeito é nosso amigo
E gosta de atenção
Ele manda na frase
Então, fique ligadão!

O sujeito é oculto, onisciente ou presente
Às vezes, gosta de se esconder
No fundo da nossa mente
Mas, quando aparece
Salta na nossa frente."

— Agora o funk da crase! Levanta, Heloisa! Mais animação e menos bocejos mentirosos — sorriu empolgado.

"Bate na palma da mão
Bate na palma da mão
Bate na palma da mão
Antes de verbo crase não.

A crase é gente fina
Não é bicho papão
Só gosta das meninas
E dá destaque à oração."

— Para tudo! — Gritei. — Você toca música pop. O que está fazendo batucando nesse violão e inventando uns funks sem pé nem cabeça? — Gargalhei até sentir a barriga doer. Ele me olhou com um sorriso debochado e disse: "Terminou o chilique, madame? Posso continuar? Um cantor tem que cantar de tudo e eu gosto muito de usar o funk para ensinar português".

Balancei a cabeça de um lado para o outro e sorri. Esta, sem dúvida, era a melhor aula de português da minha vida. E não é que a bendita crase não saiu da minha cabeça. Eu me peguei pensando em situações que exigiam crases e outras que não. E a vírgula? Eu nunca ia imaginar que não podia separar o sujeito do verbo. Eu colocava vírgula em tudo. Sou daquelas exageradas.

— Para terminar vou tocar uma que sei que você anda fazendo muito.

"Literaturaaaaaa
Vem aqui com o seu amigão
Vou te levar para a cama
E te ler com emoção."

— Amei! — deixei escapar e percebi quando ele sorriu vitorioso. — Próxima!

— É para já!

"Hoje você não me escapa,
Hoje eu vou virar a noite,
Hoje eu vou ler aquele livro de novo.
Hoje, só hoje, é hoje que vou ler um livro bem gostoso."

— Hahaha! Ludmilla vai te matar quando descobrir que você fez uma versão literária da música dela.

— Gostou, joaninha? Sabia! Agora vamos voltar para a mesa e treinar alguns exercícios. Como lição de casa eu quero que você tente fazer uma paródia de algum rock brasileiro.

— Opa! Eu gostei, sim, das suas músicas, mas eu não sei escrever nada. Também não abuse do meu bom humor, poxa! — Fiz beicinho e carinha de coitadinha, mas me dei conta de que não estava diante do meu pai e que certamente estava pagando o maior mico.

— Não precisa fazer beicinho, só precisa escrever a música — ele se sentou à mesa e me passou um caderno de exercícios. — Aliás, gostei muito da "sua" resenha sobre *Orgulho e Preconceito*, só que da próxima vez tente fazer você mesma, ok?

Gelei. Como ele sabia que eu não tinha escrito a resenha?

— Co... mo — gaguejei. — Como você sabe?

— Bom, esse seu olhar de bandido quando é pego no flagra diz tudo, não é? — Balançou a cabeça. — Você se esqueceu de que o Augusto é meu melhor amigo e que Amanda é irmã dele?

— O que isso tem a ver? — Olhei para ele com tédio, mas com muito medo de ser pega.

— Eu já dei aulas para ela, madame. Agora termine seus exercícios que eu vou pensar se conto ou não para a sua mãe.

— Por favor! Você não pode fazer isso. Ela nunca mais vai me deixar costurar na vida e eu vou morrer de tanta tristeza.

— Muito dramática, madame. Isso me lembrou de um livro que tem tudo a ver com essa sua fase "morrer de tristeza". Vamos ler *O Morro dos Ventos Uivantes* para a próxima aula?

— "Não me deixes só, neste abismo onde não te encontro! É indescritível a dor que sinto! Como posso eu viver sem a minha vida? Como posso eu viver sem a minha alma?"

Ele me olhou incrédulo e disse:

— "Se ele te amasse com todas as forças de sua alma por uma vida inteira, ainda assim ele não te amaria tanto quanto eu te amo num único dia" — sorriu sem graça.

Nós nos encaramos por alguns segundos até que a buzina incessante da moto de Gabriel rompeu o silêncio.

— Preciso ir — disse sem olhar em seu rosto.

— Nem pensar, mocinha. Você está em aula.

— Não me interessa o que você pensa. Eu tenho um encontro.

— No meio da aula?

— César, são 10h. Falta só uma hora para acabar a aula. Libera, vai? — Olhei com carinha de coitadinha, mas de nada adiantou, pelo contrário. Só piorou.

— Heloisa, eu não estou perdendo o meu tempo, toda terça e quinta, para você brincar de estudar. Você vai aprender português por bem ou por mal. Então, sente-se e faça os exercícios. Semana que vem eu quero a resenha de *O Morro dos Ventos Uivantes*. Pelo visto você andou lendo sem eu pedir. Estou orgulhoso de você.

— Então! Já sei tudo. Deixe-me sair.

— Se você sair por aquela porta, nunca mais terá aulas comigo e eu ainda falarei para sua mãe que você pediu para sua melhor amiga fazer a resenha para você — disse com raiva no olhar.

Um calafrio invadiu minha espinha e um mal-estar me deixou sem ar quando pensei em fugir com o Gabriel e deixar o César. Eu continuo o odiando, mas a aula foi tão legal. Gostei tanto das músicas e da disputa para ver quem acertava mais trechos de livros no final. Eu não poderia perder isso, por mais rebelde que eu ainda quisesse ser.

Acho que esse bando de livro está mexendo com a minha cabeça. Se fosse em outros tempos eu nem daria ouvidos e sairia batendo a porta, mas voltei para o meu lugar, mandei um SMS para o Gabriel dizendo que estava doente e comecei a fazer os exercícios.

Capítulo 9

No mundo da lua também tem amor

Look do dia: camiseta da escola,
All Star vermelho com tachinhas prateadas,
calça jeans escura e cabelo amarrado
de lado, em um rabo de cavalo.

— Irritante! Sufocante! Manipulador! — Bufei de raiva quando entrei na sala e vi Amanda sorrindo para o quadro. Ela estava encantada com um sujeito melequento que tem prazer em estragar a minha vida. Primeiro enfiou a ideia de que ler é maravilhoso. Eu toda inocente comecei a ler e fui contagiada pelo vírus da leitura. Agora não durmo mais à noite. Fico lendo, lendo, lendo. Estou parecendo uma desesperada por histórias. Ai, que saco!

Depois ele inventou de pegar no meu pé e atrapalhar meus planos com o Gabriel. Por que eu cancelei o passeio? O que deu na minha cabeça para desmarcar um cinema com o garoto mais perfeito do mundo? Tá bom, nem tão perfeito assim, ele me traiu. Mas, poxa! Ele ainda é o meu queridinho. Olhei para Amanda para reclamar do César, mas ela continuava no mundo na lua.

— Amandaaaaaaaaaaaaaaaa! — gritei. — Quer fazer o favor de acordar para a vida e esquecer esse garoto? — Bati na mesa para ver se ela parava de sonhar. — Que saco! Está parecendo uma adolescente apaixonada!

— Heloisa, eu sou uma adolescente e estou apaixonada! Por que não? Se você não gosta das aulas do César, simplesmente cancele e o deixe livre para mim! — Olhou com olhos de gavião pronto para dar o bote. Cruzes!

— Ai, Amanda, credo! Só quero que você continue vivendo a sua vida. Vocês só ficaram uma vez e você está toda derretida. Não quero ver você magoada porque está entrando de cabeça em um relacionamento que você nem sabe se vai dar certo.

— Isso não tem como você saber. Você não é Deus, nem Afrodite, então não tem poderes para controlar o amor — falou, lançando para mim com um olhar suplicante. — Por favor, amiga — segurou minhas mãos —, me ajude a namorar o César e fique feliz por mim pelo menos uma vez na vida.

Olhei para ela com uma angústia no peito. É claro que eu queria que ela fosse feliz, aliás, mais até do que eu. Ela era minha melhor amiga e merecia tudo de bom, só que o César é tão... tão... Ai não sei.

— Eu não gosto dele, mas pode contar comigo. Na próxima aula eu tento descobrir alguma coisa. Ele te ligou depois da festa? — perguntei sem querer saber a resposta.

— Não, amiga. — olhou aflita. — Ele só mandou SMS e me adicionou no Skype, mais nada.

— Já é um começo, não é? — Fiz uma careta e lembrei que ele tinha me mandado solicitação para adicioná-lo em todas as minhas redes sociais. Ô praga!

— Sim — fez um muxoxo, olhou para frente e deu boa tarde para a professora de português. Ai como eu não suporto essa professora! Se não fosse por ela, eu não estaria tendo aulas com o César.

— Amanda, já sei! Por que você não passa lá em casa depois da aula do César na quinta-feira? — perguntei me culpando pela ideia maluca. Por que eu estava ajudando minha amiga se não gosto do sujeito? Ah, lembrei! Talvez eu o ache um pouquinho interessante. Afinal, ele faz músicas com crase e vírgulas com tanta facilidade... Tipo, quem faz isso?

— Ai, amiga, não sei! E se ele desconfiar de alguma coisa — disse insegura.

— Ah, para! Você é minha melhor amiga e já almoçou comigo várias vezes antes de irmos para a escola. Agora vou ter que deixar de receber minhas amigas em casa porque o César fica dando em cima delas e eu tenho que resolver tudo? — perguntei, nervosa.

— Opa! Eu ouvi direito, Helosinha? Vamos almoçar na sua casa quinta-feira? — perguntou a pior pessoa do mundo em matéria de amizade.

— Vamos não, Marina. Amanda vai e você não vai nem cruzar a esquina da minha casa! — Balancei a cabeça, estufei o peito e olhei direto nos olhos dela. Sou poderosa!

— Cruzes, Helô! Também, não precisa tratar a Marina assim. Eu sei que vocês tiveram suas brigas no passado, mas vocês já fizeram as pazes, não foi? — Perguntou Amanda querendo forçar uma situação amigável.

— Helô, é sério! Eu já te disse um milhão de vezes que o Gabriel me seduziu e eu não tive como resistir. Eu sei que o que fiz não foi legal, mas pelo menos te mostrei que ele é um canalha — disse Marina.

— Está vendo, Helô. Ela errou — Amanda olhou para Marina com um olhar de repreensão —, mas já pediu desculpas um milhão de vezes. Será que vocês podem voltar a ser amigas? — Perguntou com esperança no olhar. — Eu quero minhas duas bonequinhas juntas de novo! — Falou com voz de criança.

Como resistir a um apelo tão grande? Eu não suportava a Marina, mas antes dessa confusão toda, nós nos dávamos muito bem. Ela era minha modelo profissional. Todo final de semana ela ia para a minha casa tirar fotos com os modelitos que eu criava. Era sempre bom poder ter outra visão da roupa. Tem peças que não combinam com o meu corpo, mas ficam superbem na Marina e, como quero abrir uma confecção, preciso criar pensando em vários tipos de corpos.

Marina tinha um corpo bem bonito. Nada de magreza exagerada, mas tinha gordura no lugar certo. Nada de muita bunda, nem muito peito. Tudo na medida ideal. Preciso confessar que sinto muito a falta dela, mas, depois do que ela fez, precisei enterrar nossa amizade no fundo de um baú.

— Tudo bem — disse —, só volto a ser sua amiga se você voltar a tirar fotos com as roupas novas que costurei!

— Estou louca para pôr as mãos naquela saia de lantejoulas azuis que você postou no blog semana passada. Posso ficar com ela? — Disse a pidona de sempre. Marina não tinha limites...

— Vou pensar, mas só se você posar para mim. Preciso atualizar o blog e a Amanda só pensa no César!

— Ei, ei! Eu não abandonei o blog, Helô. Eu só dei uma pausa para pensar no amor — suspirou.

Balancei a cabeça e comecei a copiar as orações subordinadas do quadro negro, antes que a professora me desse outra advertência. Quando estava quase na hora do recreio meu celular vibrou e vi que o da Amanda também. Resolvi não arriscar e deixei para lá, mas Amanda levantou da cadeira e deu vários pulinhos. Ainda bem que a professora tinha ido ao banheiro, senão certamente iria sobrar para mim. Tudo de errado que acontece na aula é culpa minha.

— Amanda, quer ficar quieta. Você é a inteligente da turma, nunca leva culpa e tira dez em participação. Eu não posso dar um pio que vou para a recuperação. Então se controle — recriminei.

— Helô, o César me convidou para assistir um show da banda dele no Bar do Joca este sábado! Vamos ficar de novo! Eu sei que vamos.

— Oba, temos um compromisso inadiável no sábado, então! — disse Marina batendo palminhas de alegria.

— Nem pensar! Eu não vou ao show do César, nem arrastada. Era só o que me faltava — disse pegando meu celular para dar uma espiadinha na mensagem.

Gabriel
Helosinha, temos um encontro marcado no sábado no Bar do Joca. Seu professor de português me convidou e eu disse que levaria uma gatinha muito especial.

Helô
Desde quando vocês se falam? Desde quando são amigos?

Gabriel
Desde quando dei uma força para o cara na academia. Ele queria ficar mais fortinho, só que não tinha ideia de como malhar direito. Eu, como um bom amigo, o ensinei. Vamos?

Olhei para o lado e vi Amanda com um sorriso enorme no rosto. Eu não poderia recusar um pedido duplo para me divertir.

— Bom, eu vou e ainda deixarei Marina usar minha saia azul com uma blusa de um ombro só marfim que terminei de costurar ontem.

— Oba! Oba! Oba! Iuhu! — gritou Marina. — Obrigada Helô e, mais uma vez, peço desculpas por tudo o que aconteceu — disse me olhando meio esquisito.

Melhor ter o seu inimigo por perto do que longe. Vocês acham que eu ia cair no papo dela de arrependimento? Nem morta! Só fingi reconciliação pela Amanda, mas sei muito bem lidar com cobras.

Hummmm! Isso me deu uma ótima ideia. Vi um modelo na revista *Vogue* que supercombinava com o tecido de estampa de cobra que comprei semana passada na loja. Isso! Eu vou fazer um vestido deslumbrante que vai me fazer dar o bote primeiro no Gabriel e ainda deixar a Marina morrendo de inveja.

Antes da professora voltar, respondi que "sim" para o Gabriel e me peguei pensando no *Morro dos Ventos Uivantes*. Por que Catherine abandou Heathcliff se gostava tanto dele? E por que tenho a ligeira impressão de que ela amou muito o senhor Earnshaw? Como pode uma mulher amar dois homens? Ai, esses livros estão mexendo mesmo com a minha cabeça. O pior é que eu estou adorando. Os livros clássicos são muito bons. Que isso não saia daqui, mas estou completamente apaixonada pela literatura.

Capítulo 10

Odeio tudo

Look do dia: saia floral com babados na barra, regata amarela, arco dourado e sandálias rasteiras brancas, decoradas com lantejoulas prateadas nas tiras.

— Helô, acorda! Heloisaaaaaaaaaaaa! — Gritou e jogou o travesseiro na minha cabeça.

— O quê? Onde estou? Ham? — olhei para o sorriso gigante no rosto da Amanda e senti vontade de cometer um assassinato cruel e sangrento naquele momento. Eu simplesmente ODEIO que me acordem, principalmente quando me acordam fazendo muito barulho! — Que saco! Tem que gritar tanto assim? Eu não quero levantar! Deixe-me! — Virei para o lado e me cobri toda, até a cabeça, com o edredom.

Ela fez questão de pular em cima de mim e me encher de cosquinha. Assassinato acontecendo em 3... 2... 1.

— Amanda, quer parar de me irritar? Que coisa, eu quero dormir! Fiquei até tarde desenhando uns modelos para uma roupa nova e quero descansar mais um pouco.

— Nada disso! Daqui uma hora o César chega e eu quero estar linda para recebê-lo. Você prometeu me emprestar uma roupa, mas eu já revirei o seu armário e não encontro nada que fique bom! Ajude-me, Helô!

Será que podemos matar uma pessoa duas vezes? Eu também odeio que mexam nas minhas coisas. Tudo bem que, às vezes, deixo a Amanda fazer isso, mas quando abri os olhos e dei de cara com Marina fuçando na minha gaveta de sutiãs... enlouqueci!

— Ô, Marina! Aí não tem doce não. Só roupa íntima. Quer fazer o favor de parar de mexer em tudo?

— Ai, Helô, você sabe que eu gosto de dar uma turbinada nos seios e você também. Então, pensei em usar um sutiã de enchimento seu para a aula de hoje.

Marina, animada com a aula? Estou dizendo que aí tinha algo muito esquisito. Essa garota adora roubar os garotos das outras, não duvido nada que já esteja de olho no César só para magoar a Amanda. Coitada! Mas isso não vai acontecer nunca. Porque eu não vou permitir que ela destrua mais um romance. Garota invejosa é complicada, viu! Outra coisa que eu odeio: gente que tem inveja das amigas e quer tudo para ela.

— Olha só — disse levantando da cama e me olhando no espelho. Ai, que assombração! — Vocês duas vão ficar caladas enquanto eu tenho aula. Tenho prova de recuperação daqui a duas semanas e não posso me dar ao luxo de desperdiçar tempo de estudo com vocês. Estamos entendidas?

— Uau! Heloisa Martinez focada nos estudos. Até me empolguei. Prometo que vou só dar uma espiadinha no César e voltar para o quarto com a Marina, ok? — sorriu.

Olhei para ela com desconfiança e vesti a roupa que tinha separado para a aula. Ultimamente eu estava me preocupando demais com as roupas que usava perto do César. Muito esquisito...

De repente a campainha tocou e Amanda deu um grito tão alto que quase perdi a audição. Gente, o amor está deixando essa garota doente? Como pode alguém ficar tão histérica assim por causa de um garoto. Isso não é amor, não! É paixão exagerada demais!

Marina e Amanda desceram as escadas correndo e eu fiquei com cara de pastel pegando meu material e imaginando que esta aula seria mais difícil do que todas as outras. Algo me diz que elas não vão me deixar em paz e daqui a algumas semanas quem vai sofrer na prova sou eu. Maldita hora que permiti isso! Poxa, as aulas com o César são minhas. Não gosto muito de ver outras pessoas dividindo a atenção dele.

— Heloisaaaaaaaaaaaaaa! — gritou Amanda.

Essa garota estava implorando por uma morte lenta e sangrenta. Odeio gente que grita meu nome com toda a força.

— Já estou indo, Amanda. — respirei fundo e desci. Lá estavam elas debruçadas no César, que afinava o violão todo descontraído e relaxado no sofá. Olhei para aquela cena e meu sangue ferveu.

— Quer dizer que minha casa virou a casa da mãe Joana? — perguntei revoltada com a bagunça na minha sala. — Eu quero estudar, vocês já namoram o suficiente, agora eu quero aprender português! — Disse uma Heloisa de outro mundo. Sério! Eu disse mesmo aquilo? "Eu quero aprender português"? Acho que todos ficaram tão espantados quanto eu com o meu comportamento porque me olharam com cara de vampiro quando chupa sangue agridoce.

— Quer dizer que a senhorita está implorando para ter as minhas aulas? — César olhou para mim com uma mistura de deboche e surpresa. Ele levantou do sofá, largou o violão no colo da Amanda e veio me cumprimentar.

— Quero sim — disse sentindo meu rosto corar e minhas pernas ficarem bambas só com o seu aperto de mão. Ai, não, não, não! Odeio sensações esquisitas, odeio sentir meu coração batendo perto do Césár e odeio ter de fingir que nada está acontecendo.

Ele beijou minhas mãos com delicadeza e eu senti meu corpo estremecer, mas saí do transe assim que vi o olhar de felicidade estampado na cara da Marina. Não sei por que ela sorriu com tanta alegria. Aí tem coisa...

— Bom, seu desejo é uma ordem. Vamos começar com as orações subordinadas hoje, e vocês, meninas, podem voltar para o quarto e dormir mais um pouco antes da escola.

Amanda olhou para mim com cara de desespero e eu entendi que ela queria ficar. Apesar do meu ciúme, ela é a minha melhor amiga e eu não podia magoá-la. Amigas são para sempre, garotos insuportáveis, não.

— Não, eu preciso das meninas aqui! Mudei de ideia, Amanda pode me ajudar preparando um superlanche e Marina pode... — fiquei pensando em alguma coisa para ela fazer, mas não saiu nada — bom, sente-se aí e me ajude a descobrir onde coloco as vírgulas.

— Excelente! Mas, antes, preciso te passar outro livro. Amanda, você que ama ler, diga um livro clássico nacional que te deixou encantada.

Ela olhou para ele com um sorriso provocante e depois olhou para mim com cara de sonhadora. Será que essa felicidade toda não ia acabar nunca? Isso já estava indo longe demais. Que saco. Amar é um saco! Ver sua amiga apaixonada e você encalhada é muito pior. Ainda mais quando você sente um misto de palpitações e muito ódio pelo ficante da sua melhor amiga.

— Helô devia ler Carlos Drummond de Andrade. Acho que ela está precisando de um pouco de poesia.

— Ótima escolha, Amanda! — olhou para ela com um largo sorriso, largo demais para o meu gosto. Será que ele estava apaixonado por ela? César é sempre tão animado, mas do jeito que olhou para Amanda me fez ficar com a pulga atrás da orelha.

—Eu ODEIO poesias! Já tenho que ler um monte de livro chato, agora vou ter que ler poemas insuportáveis também? — Bufei e revirei os olhos.

— Você vai amar, madame. Para de bico. Amanhã passo aqui e te empresto o primeiro livro de poesias escrito por Drummond. *Alguma Poesia* é o livro perfeito para fazer as pessoas se apaixonarem por poesias.

— Eu não...

Ele cortou as minhas palavras com um sonoro "Shhhhhhhhh". Eu ODEIO gente que me manda ficar quieta com Shhhh.

— A senhorita vai fazer uma poesia e uma música para mim semana que vem. Se preferir pode me trazer só a poesia que eu transformo em música, que tal?

— Ai, que legal! Eu quero fazer também, César! — disse Amanda dando pulinhos de alegria.

Não, prometo não falar em assassinatos agora. Mas... Ele perguntou para mim! A aula é minha! O professor é meu. Aaaaaaaaah!

— Amanda, querida. O trabalho é para a Helô, mas se quiser escrever algo e me mostrar depois ficaria muito contente.

Ai, que vontade de enfiar o dedo na garganta e fingir cara de vômito. Que casal mais enjoativo. Enquanto eu fulminava os dois com o meu olhar assassino, Marina me encarava com uma cara misteriosa. Parecia estar planejando alguma coisa que eu deveria descobrir antes que fosse tarde demais.

Olhei para o circo armado na minha sala. Amanda não parava de paquerar César, que estava sem jeito olhando para mim. Marina estava sentada na ponta da mesa mexendo no cabelo e escrevendo algo no celular. Pensei até em checar disfarçadamente o meu Facebook, mas, pelo jeito, não deveria ter nada lá. Ela não é louca de expor seus planos em redes sociais, pois eu descobriria em 30 segundos.

Resolvi deixá-la de lado e me concentrar no que realmente interessava: meus exercícios. Eu tenho uma dificuldade enorme em colocar vírgulas e crases, mas depois que li alguns livros senti mais facilidade em pontuar da forma correta. Só não me sinto segura para escrever. Parece que, quando sento para escrever o post da semana no blog de moda, um branco invade minha mente e deleta tudo. Não sai nada! Por isso, tiro as fotos, faço a pesquisa de moda e passo para Amanda escrever o texto. É muito difícil organizar o pensamento e colocá-lo no papel.

Minha cabeça é muito confusa, ainda mais agora com esses novos acontecimentos e sentimentos invadindo minha vida. Ainda bem que hoje à noite ficarei em paz para desenhar um vestido branco de renda, com o qual sonhei ontem no fim do dia. Adoro sonhar com roupas e costurá-las no dia seguinte. Sinto uma satisfação enorme ao ver algo que parecia impossível embalar o meu corpo e arrancar suspiros das minhas amigas. Elas ficam loucas com o meu guarda-roupa e muitas vezes não acreditam que eu tenha feito certos modelos. Eu tenho facilidade em copiar vestido e em criar algo totalmente novo. Sei que vou precisar estudar muito, afinal preciso aprender a administrar minha confecção, mas pelo menos não vou deixar ninguém mandar nas minhas roupas. Serei uma estilista de mão cheia que também ama ler.

Por enquanto, eu só li livros clássicos e aqueles livros infantis com micos, gatos e cachorros, quando era pequena.

Mas amanhã vou à livraria escolher um livro novo e da moda. Andei fuçando uns blogs literários e me interessei muito por um livro com uma capa que tem uma menina usando um vestido azul maravilhoso, estilo princesa. Acho que se chama *A Seleção*. Não sei direito, mas com uma roupa tão bonita deve ser um livro muito bom.

Para ninguém descobrir essa minha nova paixão secreta — a leitura — comprei uma bolsinha para agendas e escondo os livros lá. Na sala ou no banheiro, camuflo os livros com uma revista por cima. Minha mãe não pode nem imaginar que estou lendo. Ela vai se achar "a mãe mais perfeita do mundo" e elogiar o César por me fazer ler, até o próximo século.

Eu não quero que eles notem a minha mudança, apesar do meu professor não largar do meu pé e observar tudo o que eu faço. Ele não deixa passar nada, tanto que enquanto luto para pontuar corretamente essa oração insuportável, ele não para de me olhar com o rabo de olho ao mesmo tempo em que mostra algumas leis de Direito do Trabalho para Amanda. Agora até nisso ela está interessada.

Outra coisa que eu odeio: Direito. Odeio leis, odeio ter que pensar nisso, odeio códigos, odeio advogados e juízes. Só não odeio meu pai porque ele é meu pai, mas odeio o fato dele quase não ter tempo para mim e só pensar naquelas malditas leis.

Uma grande pressão invadiu a minha cabeça e, quando dei por mim, lágrimas invadiram meu rosto. Tentei disfarçar fingindo espirrar, mas César foi mais rápido que eu e me alcançou antes que eu me trancasse no banheiro. Acho que as meninas não perceberam nada, pois não me seguiram. Isso é, Amanda, porque Marina estava entretida no celular.

— Madame, está bem? O que aconteceu? — segurou meu braço e me encarou.

— Nada César... só estou de TPM. Mulheres choram quando estão nesse período — disse tentando disfarçar a voz embargada. Toda vez que penso na profissão do meu pai eu sinto isso. Toda vez é a mesma ladainha. Eu sei que ele é muito ocupado, mas...

— É claro que tem alguma coisa. Você não gostou de me ver com a Amanda? — perguntou sem rodeios. Claro que não era SÓ isso, mas eu nunca iria confessar os meus motivos. Poderia magoar muita gente.

— Não é nada. Deixe-me em paz! — Olhei para a sua mão em meu braço implorando por liberdade com os olhos, mas ele não me soltou.

— Por favor, eu me importo com você — disse com um olhar sincero e, pela segunda vez na vida, me senti à vontade perto dele. A primeira vez... Bom, melhor não comentar agora. Não me sinto à vontade para contar o que acontece de verdade entre nós.

— Eu não me sinto muito bem quando vejo você falando tão bem do Direito. Meu pai é juiz e você sabe, vive trabalhando e quando está em casa não larga os malditos códigos.

Ele olhou sério para mim e me abraçou. Foi um abraço tão emocionante que eu nem imaginava que um simples gesto poderia mexer tanto comigo e significar tantas coisas, mas ele fez questão de falar.

— Helô, seu pai é muito comprometido com a Justiça. Ele dá duro para julgar os casos no prazo e ajudar um pouco o país. Eu sei que você sente falta dele, mas tente entender, ele te ama, mas ama muito seu trabalho também.

Suspirei, olhei para ele e o beijei. Foi só um selinho, mas acho que não pegou muito bem. Ele me olhou pálido e foi embora. Ops! Odeio quando faço besteiras por impulso e beijo quem não devo e na hora errada.

Dei de ombros e entrei no banheiro, não sei o que me deu na cabeça para beijá-lo, mas foi uma coisa inocente. Uma forma de agradecimento pelas palavras de apoio, só que... Ai, não sei! Acho que não deve ter sido tão inocente assim. Tomara que ele não conte nada pra Amanda. Se ela souber o que eu fiz, vai me matar!

Quando voltei para a sala, não vi Marina, mas estava tão nervosa que não fui procurá-la. Provavelmente devia estar mexendo no meu guarda-roupa.

A aula continuou tranquilamente com um silêncio infinito. César não tocou no assunto beijo, Amanda ficou entretida na cozinha e Marina não fez nada além de nos observar depois que voltou do meu quarto com cara de sonsa.

Na hora que César foi embora, Amanda fez questão de acompanhá-lo até o portão, e eu fiquei olhando para os dois com muita raiva e vergonha ao mesmo tempo. Eu não deveria ter dado um selinho nele e deveria estar apoiando o romance da minha amiga. Mas não conseguia. Estou tentando não ser egoísta e pensar nela, mas eu não sei o que está acontecendo comigo, não conseguia parar de pensar nele. Não posso, não posso! Odeio não ter controle sobre os meus pensamentos.

Capítulo 11

Você mexe comigo

Look do dia: short-saia de ginástica preto, blusa roxa e tênis branco com detalhes verdes.

— Amandaaaaaaaaa! – gritei histérica da escada da academia. — Vamos dançar zumba hoje?

Ela me olhou com cara de quem tomou suco de limão azedo e se escondeu atrás do professor de musculação. Como uma boa melhor amiga eu tenho obrigação de fazer com que ela pague muito mico, por isso gritei de novo e ri muito quando ela subiu a escada correndo atrás de mim.

— Eu vou te matar, Lolô! Precisa fazer esse escândalo todo! Você sabe que eu não gosto de dançar.

— Nem vem! Eu vi você dançando muito no show do César. Tenho certeza de que vai arrasar na aula.

— Eu não quero arrasar, nem mesmo dançar.

— Ah, Amanda! Por favor, eu quero tanto dançar com a minha melhor amiga linda demais!

Ela olhou para um lado, depois para o outro e fixou o olhar em alguma coisa no andar de baixo. Por fim, sorriu e disse:

— Vamos dançar até o chão hoje, Lolô!

Eu adoro a animação da professora de zumba. Ela sorri o tempo todo e está sempre gritando para estimular os alunos. Deste jeito não tem como ficar parado, ou você se mexe ou sai da sala. A energia contagia todos e o mais engraçado é observar o meu descompasso em algumas músicas. Eu não nasci para dançar funk. Não sei rebolar, não sei requebrar. Não adianta nem tentar, porque sei que vou errar e pagar mico, mas tento me mexer para um lado e para o outro.

A aula começou bem animada e, depois de um tempo, Amanda já estava dançando melhor, mas ainda tentava se esconder no canto da sala. Para não deixá-la sozinha, fiquei ao seu lado e tentei ensiná-la os passos. Já faço aula há cinco meses e sei dançar várias músicas difíceis, principalmente as da Kate Perry e da Rihanna. Tudo estava correndo bem, quando o ser desprezível que não sai dos meus pensamentos entrou na sala com um short roxo, uma camisa amarela e um sorriso gigante no rosto.

Demorei uns 30 segundos para perceber que César queria dançar e mais 2 minutos para cair a ficha de que ele não ia desistir de me fazer passar vergonha na sala. Sinceramente eu não sei o que eu fiz para merecer isso! Como uma pessoa tão esquisita, tão brega, tão tudo que detesto pode acelerar tanto as batidas do meu coração?

Eu tentei olhar para frente, mirar o bebedouro e até fingir que ia ao banheiro. Mas não teve jeito, ele ficou ao meu lado e de lá não saiu até Amanda esfregar sua bunda gorda nele.

Que raiva! Quase dei uma cotovelada nela, mas me controlei a tempo de evitar confusão. César escolheu ficar do meu lado não do dela, então porque diabos ela não parava de me empurrar para trás?

A disputa ficou pior quando tocou um funk em que tínhamos que jogar o bumbum para o alto e descer até o chão. Eu parei para rir de César dançando como uma lacraia, e Amanda ficou irritada com a minha zoação.

— Helô, para de rir do garoto! Ele fica tão fofo dançando!

— Fofo? Ele é ridículo, Amanda! Nunca vi garoto mais sem jeito do que ele — olhei para ela e quase vi fumaças subindo de sua cabeça como nos desenhos animados. Falar mal de César, perto dela, era pecado mortal. Mal sabe ela que nós nos beijamos outro dia. Tudo bem que não foi um beijo de cinema, mas o selinho mexeu comigo e eu não paro de pensar nele. Simplesmente não posso deixar este sentimento crescer por respeito à Amanda. Mas também não preciso aturar a sua bunda gigante rebolando pra cima do César.

— Ei, senhoritas! Cadê o sorriso no rosto? Quero ver vocês liberando muitas endorfinas hoje!

— A única coisa que vou liberar é a minha mão na cara da Amanda se ela continuar se jogando para cima de você — ops! Falei sem querer, querendo muito. Ainda bem que a música estava alta e não deu para a minha amiga ouvir, mas o sem noção com a capacidade auditiva de um cão me ouviu muito bem e soltou um sorriso vitorioso. Se ele pensa que está me conquistando aos poucos, está muito enganado. Eu não vou cair na sua conversa de novo.

Você já estava completamente apaixonada por ele, Helô! — Marina

Eu me lembro deste dia, Marina! Ela chegou em casa toda suada e com umas manchas roxas no braço! — Mãe da Helô

De repente a professora parou tudo e disse que deveríamos dançar a próxima música em duplas. Pronto! Aconteceu o que eu mais temia. E agora? Se César me escolher eu vou ficar muito sem graça, mas pelo menos vou poder pisar forte em seu pé. Porém se escolher a Amanda eu vou morrer de raiva e farei de tudo par esbarrar nos dois de propósito. Por um lado a aula de dança até que estava sendo boa, se estivéssemos na aula de boxe um de nós estaria no hospital, pois eu e Amanda parecíamos duas leoas brincando pela raposa mais feia e destruidora de corações da floresta. E como eu suspeitava, o imbecil me escolheu.

— Helô, vamos dançar forró juntos? Quero te ensinar uns passos!

Amanda olhou para ele com uma cara tão feia que eu não tive escolha se não recusar na hora e fingir muita raiva pelo convite. Eu estava irritada, mas no fundo queria dançar com César, só para ter certeza de que não existia sentimento nenhum entre nós.

— Se toca, César, eu já tenho par – falei e senti minhas bochechas corarem porque eu não tinha ninguém em mente, mas Amanda se adiantou e o carregou para o outro lado da sala. Respirei aliviada e fui beber um pouco de água. A música começou e um garoto muito bonito se aproximou de mim. Eu juro que não sei de onde ele surgiu. Faço aula de zumba há meses e nunca vi uma alma masculina por aqui, hoje a sala estava recheada de testosterona.

O garoto não falou nada e foi logo me conduzindo para o centro da sala. Fiquei com um pouco de vergonha no início, mas depois me soltei e me rendi ao balanço da melodia. Até que eu não dançava tão mal e o melhor foi ver

César me encarar o tempo todo e Amanda fazer de tudo para chamar a sua atenção.

Quando a música estava quase no final, César falou alguma coisa no ouvido de Amanda e veio em minha direção. Eu gelei e tentei olhar para a janela, mas não teve jeito. Ele pediu para o meu acompanhante dançar com Amanda e segurou minha mão com força.

— Alguém te deu permissão para abandonar minha amiga e vir aqui me importunar?

— Alguém te perguntou alguma coisa?

Olhei para ele de queixo caído e senti uma vontade enorme de arrancar os seus cabelos, mas me controlei e mordi a bochecha de tanta raiva. Eu odeio garotos arrogantes e insuportáveis.

— Eu não pedi para dançar com você e nem te convidei para a aula. Estava tudo perfeito até você chegar! – Gritei em seu ouvido com a ideia de furar os seus tímpanos.

— Doce Helô. Você mexe muito comigo.

— Eu tenho cara de brigadeiro por acaso? — Perguntei entre uma pirueta e outra.

— Não mesmo, você hoje está mais para bala de tamarindo. Mais azeda, impossível!

— Ai, César se você soubesse o quanto eu te odeio, não falaria essas coisas para mim. Estou a ponto de pisar tão forte no seu pé, que você teria de ir para a faculdade de muletas!

Ele olhou para mim com um grande sorriso no rosto e tirou uma mexa de cabelo dos meus olhos. Eu estremeci com o seu toque e ruborizei imediatamente. Ele se aproximou da minha orelha e disse:

— Então é melhor eu voltar a dançar com a Amanda, antes que eu leve mais um coice seu — zombou e me deixou parada no centro da sala bufando.

A música acabou e todos voltaram para os seus lugares. Continuamos dançando e Amanda continuou me dando bundadas para me jogar para longe. Eu dei de ombros e tentei me divertir, mas preciso admitir que o forró me deixou desnorteada.

Cheguei em casa e fui direto para o Facebook fuxicar o perfil de César e adicionar o garoto fofo da aula. Eu é que não iria perder a oportunidade de fazer amizades com garotos novos e lindos. Adicionei-o e atualizei o meu perfil para ver as novidades. Sou daquelas que atualiza mil vezes o feed de notícias e foi em uma dessas vezes que eu vi uma postagem no perfil do César que me deixou intrigada.

C. R. MACHADO
Hoje ela deve estar pegando fogo. Eu tenho esse poder com as mulheres. #sóquenão Hehehe
Música do momento: *She´s On Fire,* da banda Train.

Antes que eu me desse conta, os meus dedos curtiram a publicação e o meu cérebro travou. Tentei reiniciar a minha mente e descurtir, mas minha mão não me obedeceu. Levantei correndo e fui para cozinha beber um copo d'água bem gelado. Eu realmente estava pegando fogo, de raiva, e precisava ficar longe do computador para não fazer mais besteiras.

Mas, como sou viciada em internet, levei o meu celular conectado no 3G para cozinha e não pude evitar o comentário da Amanda minutos depois da minha curtida involuntária.

AMANDA CLARKE

Acho justo combinarmos de dançar esta música um dia. Amo a banda Train! Viu? Temos muitas coisas em comum.

Vocês têm ZERO coisas em comum. Ai, que ódio! Eu detesto ver a minha amiga se oferecendo assim e tenho mais raiva ainda da minha mão que comentou em baixo do comentário da Amanda sem a minha autorização!

HELÔ MARTINEZ

Essa música é horrível. Não sei como vocês conseguem gostar desta banda.

Esperei algum comentário do César, mas não veio nada. Depois de alguns minutos ele postou no Facebook e o meu coração deu um pulo. Ah, essa rede social ainda acabaria com os meus nervos.

C.R. MACHADO

Previsível e perfeitinha.

Engoli em seco e virei a garrafa de água de uma vez só na boca. Corri para o computador e fiquei uns 15 minutos pensando no que escrever. Essas palavras mexeram comigo. Um frio invadiu minha espinha e uma dor de cabeça surgiu do nada. Ele vive querendo me incluir em tudo e se esforça para me fazer gostar de português. Eu sei que isso é normal para um professor, mas ele é o César, meu vizinho que vivia implicando comigo. Ele era muito rebelde e bagunceiro na infância, mas depois que ganhou o primeiro videogame, sossegou. Quando dei por mim já estava escrevendo algo que não devia. Ele é muito mais do que um professor de reforço, ele é especial, mas eu tenho obrigação de esquecê-lo. Não vai dar certo e com certeza alguém sairá machucado no final.

HELÔ MARTINEZ
Se você for comigo eu vou. Eu me sinto segura ao seu lado. Você mexe comigo...

Pior do que escrever algo comprometedor no Facebook é esperar uma resposta que nunca chega. Cliquei em umas 20 fan pages, enquanto ele não escrevia. Meus olhos já estavam treinados para me alertar quando algo piscasse na tela, mas nada aconteceu.

Até que depois de uns 15 minutos ele me mandou um inbox com uma lista de livros que falavam sobre distopias. Entrei no Google para procurar os títulos e gostei muito de um chamado *1984*, de George Orwell. Esse me pareceu ser o mais radical de todos e até vi que já tinham filmes inspirados nele! Estava comprando o livro pela internet, quando a janela do Face voltou a piscar, com uma nova mensagem privada.

C.R. MACHADO
Helô, você também mexe comigo...

Olhei para aquela frase em estado de pânico. Uma coisa é você falar uma coisa sem pensar, outra é você receber uma resposta! Eu pensei que ele não fosse dar atenção ou então me ignorar. Teria sido melhor, agora vou dormir com essas palavras na cabeça e pensar nele a noite inteira. O que está acontecendo comigo? Só posso estar doente.

Capítulo 12

Um poema diferente incomoda muita gente

Look do dia: camisola lilás de borboletas brancas, meia rosa e cabelo preso em um coque mal feito.

Não consigo dormir! Não consigo pensar em nada. Não consigo respirar.

Ó meu Deus, estou morrendo! Só posso estar com uma doença muito séria para não estar sonhando com o meu encontro com o Gabriel. Porque é ele que eu quero ver naquele show. Não o César. Não, não é. É o César que eu quero encontrar. É ele, sim.

Como posso deixá-lo impregnar meus pensamentos de novo? "Você mexe comigo".

Ai, o que deu na minha cabeça para falar uma coisa dessas! Eu sou muito burra! Hello, Helô! César está com Amanda! Eu estou solteira, por enquanto, e vou beijar na boca hoje à noite, ok? Então, quer fazer o favor de desligar o meu cérebro e me deixar dormir!

Aquele selinho...

Eu não sei por que fiz aquilo. Eu estraguei tudo! E se ele contar para a Amanda? Ela vai me achar a pior amiga do mundo. Justo agora que ela está tão feliz eu estrago tudo me apaixonando pelo seu namorado? Namorado? Argh! Me dá arrepios só de pensar nos dois juntos trocando juras de amor. Ele não pode estar apaixonado por ela. Não, não.

Ah, ele pode sim. Ele tem de estar apaixonado por ela. Eles têm que ser felizes. Minha melhor amiga merece o melhor. Mas e eu? Eu nãoooooooooooo quero me apaixonar por ele! César Rodolfo, eu te proíbo de tentar manipular meus pensamentos. Saia daqui agora!

Desisti de lutar e levantei da cama de supetão. Não sabia o que fazer, então me sentei na escrivaninha e comecei a escrever. Só que não estava inspirada, estava com raiva. Resolvi ouvir um pouco de música e escolhi uma playlist só de músicas românticas. Juro que não foi de propósito. A música tocou sozinha, eu não tive nada a ver com isso. Quando dei por mim estava chorando ouvindo a música *Monte Castelo*, do Renato Russo.

Por que o amor precisa ser tão doloroso? E o que é mesmo isso que eu estou sentindo? Não estou entendendo nada! Eu nunca me apaixonei de verdade, gostei muito do Gabriel, sofri, mas nada se compara a esse calor no coração que não me deixa descansar.

E eu nunca tive nada de concreto com ele. Só que... Sabe quando você olha para uma pessoa e pensa: é ela! E depois você se desespera e tenta evitar isso a qualquer custo? Foi isso o que eu fiz. Eu acho. Ah, não sei mais de nada. Antes, quando éramos crianças, César era um melequento asqueroso, agora é um garoto legal, simpático e bonito. Quando ele deixou de ser sapo e virou príncipe?

De repente me deu uma vontade louca de escrever uma música para o César. Eu não poderia falar o que estava sentindo, até porque não sabia. E também não poderia falar nada para Amanda e estragar sua felicidade. Se era para eles ficarem juntos, eu não podia interferir. Mas pelo menos ele saberia, em forma de versos, o que vinha me incomodando há tanto tempo.

Música para César (paródia romântica da música Monte Castelo)

"Ainda que eu soubesse a língua dos homens
Se eu escrevesse com a letra de um anjo
Sem você eu não aprenderia
É só o amor! Só o amor
Que me faz ver a verdade
O livro é bom, ler não faz mal
É sincero, amigo e inteligente
Você é o fogo que me motiva sem saber
É um gênio que ensina e não mente
É o cabelo sujo no meu pente
É o professor que sabe o que dizer
É um não querer, mas eu quero crer
É solitário te ver tão descontente
É um não contentar-se com o presente
É amar quem não te ama sem saber"

Uau! Dessa vez eu me superei! Até que a música ficou boa. E eu que pensava que não sabia nem escrever uma redação de 30 linhas. Por mais que a base fosse do Renato Russo, as palavras e os sentimentos eram meus.

Agora, como eu vou fazer para mostrar isso para ele sem parecer que estou interessada? Eu não posso enviar por e-mail, nem pelo Facebook. Não quero que ele pense nada. Já sei! Ele me pediu para compor uma música para a próxima aula, seria a ocasião perfeita para eu cantá-la.

Cantar? Eu só posso estar ficando louca. Eu sou muito desafinada! Mas bem que ficaria perfeito cantar essa música no meio da aula e deixá-lo com cara de bobo.

Heloisa, pense na Amanda! Não faça isso!

Ai minha consciência nunca me deixa em paz, nem mesmo no meio da madrugada. Aliás, ela não é a única. Acabou de piscar uma mensagem no meu celular. Acho que é do WhatsApp.

Amanda
Helô! É amanhã, amiga! Não consigo dormir de tão ansiosa! Eu vou rever o César e ele vai cantar muitas músicas para mim. Que romântico! <3

Um bicho começou a se mexer na minha barriga e eu quase vomitei. O que está acontecendo comigo?

Helô
Legal. amiga! Fico feliz por vocês...

Respondi sem vontade. Olhei para o relógio da minha cabeceira e acompanhei o tique-taque irritante com a cabeça.

Amanda
Que bom! Eu quero muito namorar, mas ele ainda não pediu e ontem à noite não falou comigo direito no Facebook. Será que ele é um nerd galinha e está ficando com outras garotas? Oimm! Não!!

Ontem à noite? Ai meu Deus! Ontem foi quando eu falei que ele era muito especial para mim. Será que isso mudou alguma coisa na relação dele com Amanda? Não pode ser!

Helô
Que nada, amiga! Ele só deve estar ocupado com a faculdade. Amanhã vocês vão beijar muito e eu ficarei com o Gabriel! Finalmente! <3.

Amanda
Até que enfimmmm. Não gostei muito do que ele fez, mas acho que vocês ainda se amam!

Helô
Eu tenho certeza que sim, mas ele nunca falou nada de amor.

Amanda
Também, pensando bem Helô, nós só ficamos mesmo uma vez. Ainda é muito cedo, né?

Como amiga sem interesse eu diria que sim e para ela ir com calma que isso podia não dar em nada, mas como quero me livrar do César prefiro dizer que isso tem futuro.

Helô
Amanda, eu acho que ele sempre foi apaixonado por você. Ele não vive indo na sua casa? De repente a amizade com o seu irmão é só um pretexto para te ver.

Amanda
Será amiga?! Ai, eu acho que não. Augusto sempre me falou que César era apaixonado por uma garota mais nova e que por isso não ficava com ninguém nas festas que eles iam juntos.

Engoli em seco. Minha cabeça estava zonza e o quarto estava rodando. Que garota mais nova era essa? Um pensamento esquisito andou em minha direção e ricocheteou no ar até invadir meu cérebro e estragar a esperança de dormir bem que eu ainda tinha. Será que essa garota era eu?

Helô
Amiga, essa garota só pode ser você. Quem mais seria?

Amanda
Ah, Helô, eu pensei em você, mas eu sei que você o odeia, então não pode ser.

Respirei fundo e segurei meu coração que batia acelerado. Minhas mãos estavam geladas e eu estava suando. E se for eu? Não, isso é impossível! Só pode ser coisa da minha imaginação.

Helô
Amanda, preciso dormir! Vai dar tudo certo amiga! Eu vou reencontrar meu gatinho e você conquistar o seu. Amigas sempre unidas <3.

Amanda
Te amo, Helô.

Helô
Eu também, Amanda.

Eu amo muito mesmo minha melhor amiga e, por mais que desconfiasse da verdade, não a magoaria nunca. Eu não consigo esquecer o César, mas é melhor abafar esse sentimento sem sentido em mim. Eu não fui feita para namorar. Não consigo ficar com a mesma pessoa por muito tempo. Sempre acontece a mesma coisa: ou eu termino ou ele me trai e terminamos. Bom, só o Gabriel me traiu, mas isso não vem ao caso. Com isso minha vida amorosa mais parece um iô-iô. Vai e volta. Volta e vai.

Voltei para a cama, agarrei meu bichinho de pelúcia e tentei dormir, mas foi impossível. Meu coração não parava de bater com força e meus pensamentos estavam me dando dor de cabeça. Resolvi fazer uma coisa que nunca fiz na vida. Peguei o livro *Alguma Poesia*, que César deixou com a minha mãe, e folheei algumas páginas a esmo. Nada prendia meu olhar. Nada! São só palavras! Eu preciso muito mais do que palavras neste momento.

Achei! Essa poesia era tudo o que eu precisava! Hahaha! Já vi que vou ficar para a titia igual a Maria.

> "João amava Teresa que amava Raimundo
> que amava Maria que amava Joaquim que amava Lili
> que não amava ninguém. (...) Maria ficou para tia,
> Joaquim suicidou-se e Lili casou com J. Pinto
> Fernandes (...)."

Carlos Drummond me entende! Ele sabe o que é uma quadrilha de sentimentos. Ou ele não sabe nada e eu estou com tanto sono que não estou dizendo coisa com coisa. É melhor ir dormir, mas antes eu preciso muito ler uma última poesia. Gostei desse negócio de livros de poesia, hein! Achava que quem lia esse tipo de livro era muito doido, porque um monte de palavras rimando em versos sem sentido era muito para mim. Mas agora estou vendo que fazem sentido, sim. As poesias têm um poder incrível. Eu estou me sentindo bem melhor e já dei boas risadas com alguns poemas de autores brasileiros. Paulo Leminsk é um dos melhores que eu já li e Drummond sempre me tira do sério. Quem diria que um dia eu leria poesias. Se Cesar soubesse ficaria orgulhoso. Ai, César, o que você fez comigo?

Acho que vou escrever uma poesia e postar no Facebook. A essa hora quase ninguém vai ver mesmo, mas espero que ele veja que estou seguindo as suas ordens para melhorar os estudos. Até que a língua portuguesa ficou mais amável nesses últimos dias. Antes ela estava muito arisca comigo, discutíamos por tudo! Ela ama vírgulas e eu odeio. Ela ama crases e meu santo não bateu com elas. Agora até parágrafos eu estou fazendo.

HELÔ MARTINEZ

"O que eu faço para esconder o que nem eu consigo ver?
Não vejo a beleza da sua alma
Não vejo o sol que brilha toda vez que você sorri
Não vejo a alegria em seus olhos
Não vejo felicidade.
Fechei o meu coração para novos romances
Não quero mais um lance
Eu quero um amor sincero
Quero você por inteiro.
Só você e mais ninguém"

3 minutos depois, por inbox...

C.R. MACHADO

Eu vou te levar até a luz e te guiar pelos caminhos da felicidade...

César sabe como me deixar nervosa durante toda a noite pensando em coisas que eu não deveria estar pensando. Será? Não! Eu e ele não daríamos certo nem por um dia. Somos muito diferentes um do outro. Ele gosta de português e eu não gosto tanto assim. Ele é brincalhão e eu sou resmungona. Eu adoro costurar, ele gosta de leis. Não combinamos. Simples assim.

Ah, se tudo na vida fosse assim não existiria nenhum casal vivo para contar história, Heloisa! Está para nascer uma garota tão dramática e cega no mundo. Só você não enxerga o que o seu coração está gritando! — Mãe da Helô

Eu assino em baixo, Dona Martinez. Helô é a garota mais lerda da face da terra. – Marina

Falou a garota mais rápida do mundo e a senhora sabe-tudo. Já estou de saco cheio das duas se intrometendo na minha história. Parem de comentar onde não são chamadas! — Helô

Capítulo 13

Memórias de sabão

Look do dia: tubinho preto e branco de malha com manga estilo princesa. Sandália preta de salto agulha e cabelo solto e liso.

Mudei tudo! Tinha planejado ir ao show com uma roupa ousada, mas, na hora de me arrumar, optei por um tubinho básico mesmo. Eu não quero chamar atenção de ninguém. Só quero ficar com o Gabriel, me divertir e ir embora. Vou convencê-lo a ouvir só uma ou duas músicas e depois irmos para minha casa assistir a um filme juntinhos.

Agora não tenho mais como fugir. Estou dentro do carro do pai da Amanda chegando no barzinho. A minha melhor amiga estava muito linda. Emprestei meu vestido preto de renda com decote em V nas costas. Sem dúvida será a mais bonita do lugar. Marina não para de me encarar e isso está me dando nos nervos. Ela está cansada de saber que vou me encontrar com o Gabriel e que provavelmente ficaremos. Ela sabe de algo que eu não sei e está armando alguma coisa. Posso sentir cheiro de cobra planejando o bote de longe. E Marina é cobra criada na selva. Sabe de todas as artimanhas para estragar a vida dos outros.

— Helooooooô! — gritou Amanda histérica deixando todos no carro desesperados.

— O que foi Amanda, cruzes! Parece que está morrendo! — disse tensa e atenta ao meu celular que não parava de apitar, com um post do Face.

— Olha o que o César postou no Facebook! — sorriu e deu pulinhos no banco. Não me pergunte como ela conseguiu pular sentada.

C.R. Machado

Poesia do momento...

"Que pode uma criatura senão,
entre outras criaturas, amar?
Amar e esquecer,
amar e malamar,
amar, desamar, amar?
Sempre, e até de olhos vidrados, amar?"

Carlos Drummond de Andrade

Olhei para aquele texto e cliquei na poesia que eu tinha postado ontem. Ele tinha curtido. Ele viu e postou outra para mim. Só pode ser. Por que ele está fazendo isso? Ele não sabe que Amanda gosta dele e que eu o odeio? Quer dizer, eu não o odeio, mas ele não sabe disso ainda. Ou sabe! Aiii, que confusão. Só sei que Marina está me olhando com uma cara de debochada. Que raiva! Chega! Não vou entrar nesse joguinho. Não quero, não posso!

— Amiga, só pode ser para você! — eu disse.

— Eu não acho que seja para você, Amanda. César não está com cara de apaixonado. Pelo menos não por você — Marina disse, olhando para mim.

Essa maldita sabia! Eu sabia que ela sabia! Não pode ser. Ela vai estragar tudo. Ah, mas eu não vou deixar isso acontecer. Ainda bem que o pai da Amanda estacionou na frente do bar antes que a situação piorasse. Desci do carro correndo e nem dei tempo da Marina abrir a boca novamente, já fui logo arrastando Amanda para longe.

Assim que entramos vi Gabriel conversando com alguns garotos do 3º ano em uma mesa perto do palco. Acenei para ele e empurrei as meninas para lá antes que esbarrássemos em César e algo pior acontecesse. É um absurdo a Marina achar alguma coisa se nem eu tenho certeza sobre o que realmente sinto. Só sei que meu coração bate mais forte quando estou perto dele.

Lembrei-me que, quando eu era pequena, brincávamos juntos no quintal da minha casa, e eu sempre jogava os brinquedos nele. Era legal vê-lo chorar, mas depois de um tempo ele passou a sorrir toda vez que eu implicava. Eu não entendia nada e continuava arrumando brincadeiras chatas para tentar irritá-lo. Mas a real é que ele nunca se irritava e sempre sorria para mim.

— Oi, Helô! Você está muito bonita hoje! — sussurrou Gabriel no pé do meu ouvido. Antes eu me arrepiava toda, mas hoje não senti nada. Só sorri e admirei sua boca. Realmente, esse garoto tinha uma boca muito sedutora.

— Oi, Gabriel. Obrigada — disse e olhei para o palco. César ainda não estava tocando, isso significava que ele deveria estar por ali e, em breve, Amanda daria um jeito de trazê-lo para cá. Eu precisava ficar com o Gabriel antes que Marina fizesse alguma coisa — O que você acha de irmos lá fora dar uma olhada nas estrelas? Vi que a constelação do amor está brilhando muito hoje.

Ele sorriu e apertou minha cintura. Olhei para Amanda e disse que ia dar uma volta sem compromisso e ela piscou para mim toda empolgada. Marina deu um sorriso falso e começou a conversar com Pedro, um garoto muito bonito do 1º ano. Torci para ela ficar com ele e largar do meu pé. Mas, pelo olhar que ela me deu quando atravessei a porta, vi que não ia me deixar em paz tão cedo.

Eu e Gabriel sentamos em um banco perto da entrada do bar e ele passou o braço por trás da minha cabeça. Olhei em seus olhos e pela primeira vez fiquei nervosa. Eu sempre fui tão descolada na hora de dar o primeiro beijo, mas, desta vez, estava tensa e não sabia o que fazer.

— Helô, você está tremendo? — ele perguntou.

— Não, só estou com um pouco de frio — menti, pois estava tremendo mais do que vara verde.

— Será que vou ganhar um beijo da garota mais bonita do colégio?

— Talvez... Quem sabe... — olhei para a lixeira. Pois é, sempre quando fico nervosa eu olho para algo que não tem nada a ver e fico encarando como se fosse a coisa mais importante do mundo. — Eu ainda sinto muita dor quando me lembro de tudo o que você me fez passar Gabriel. Não sei por que ficou com a Marina.

— Heloisinha, eu gosto de você. Aquilo foi um deslize. Vamos esquecer o que rolou e ficarmos juntos de novo?

Concordei e me preparei para um beijo quente e amoroso, mas só senti um beijo frio e sem graça. Desde quando os beijos do Gabriel ficaram tão sem sabor assim? Será que estão de dieta? Ou então poupando o sal? Nossa! Está pior do que comer sopa de espinafre com jiló. Mas era melhor do que magoar minha amiga. Retribuí o beijo tentando colocar um pouco de chocolate na receita e até que deu certo. Eu era uma beijoqueira de primeira.

— Hum, Helô! Você continua beijando como um beija-flor.

— E você como um anjo. — senti muita vontade de rir da minha falsidade naquele momento, mas o que eu podia fazer? Eu tinha que gostar dele de novo. Já gostei uma vez, seria fácil gostar outra.

Trocamos beijos por muito tempo até que um som lindo entrou em meus ouvidos e me despertou. Era a voz do César cantando a minha música preferida de novo. *Little Things* do One Direction. Gabriel percebeu minha agitação e me chamou para assistir o show.

— Amor, o show começou! Vamos assistir com a galera.

Amor?! Uau! Amor! Amor? Não, amor não! Mas aquele não era o momento para questionar esse romantismo todo do Gabriel. Entrei e vi Amanda chorando. Sim, ela estava chorando de emoção e não percebeu que César olhou para mim assim que entrei. Sem saber o que fazer, abracei Gabriel e dançamos agarradinhos. Pensei que isso fosse inibi-lo, mas não adiantou e ele continuou nos encarando e sorrindo. Ele estava lindo demais. Como posso gostar de alguém que não gostava antes? Alguém que irritava meus olhos com tanta feiura. Agora ele estava lindo de blazer azul-marinho, calça jeans e gravata preta. Até seus óculos de aro gigante estavam combinando. E aquela cara de bolacha? Antes ele parecia ter um ovo na boca, agora até isso sumiu.

Eu só podia estar cega ou louca. Ah, como não percebi isso antes! Fui abduzida por um E.T. e fui forçada a gostar do César, caso contrário morreria. Só podia ser isso!

Saí do transe em que ele me colocou e voltei a olhar para Amanda. Ela cantava com tanta emoção e apontava para ele toda vez que ouvia a palavra "*you*". Isso já estava demais. Se estivéssemos em outra situação, não deixaria ela se declarar tão abertamente para um garoto assim. Ainda mais tendo ficado com ele só uma vez. Todas as garotas sabem que quando se abrem demais para um garoto ele pisa sem piedade. A não ser que ele já gostasse da menina antes de rolar alguma coisa — o que não era o caso. Eu tenho certeza absoluta de que ele nunca gostou dela. Péra, mas como eu tenho certeza disso?

De repente um *flashback* de toda a minha vida passou pela minha cabeça e eu me lembrei dos dias em que minha mãe trabalhava até tarde e Dona Lourdes me pegava na escola. Eu não queria ir para a casa dela, chorava muito e me recusava a entrar, mas César era um menino de nove anos, muito educado, gentil e sempre ia até a porta levar algum biscoito gostoso ou algum brinquedo para me fazer entrar e brincar com ele. Nós brincávamos muito de Cavalheiros do Zodíaco. Eu era a deusa Atena e ele o Saint Seiya. Ele sempre tentava roubar um beijo meu, dizia que era o que os personagens faziam no desenho, mas eu não queria beijar um garoto que tirava meleca e as escondia debaixo do tapete. Era nojento demais para uma garota como eu que tinha apenas sete anos.

Depois de um tempo parei de chorar e pedia para brincar com ele todos os dias depois da escola. Mamãe agradeceu e tratou de me abandonar com a Dona Lourdes sempre que precisava sair com papai depois do trabalho. César adorava brincar de escola e eu odiava ter que estudar depois de um dia cansativo aprendendo tabuada. Eu queria pular, dançar e vestir as roupas da Dona Lourdes. Aquela mulher tinha muito bom gosto e sempre me deixava experimentar uma blusa ou outra. César era o meu consultor e batia palmas quando eu descia toda arrumada pelas escadas de sua casa.

Nós tivemos uma boa infância, mas depois ele ficou chato demais e começou a criticar todos os garotos que me chamavam para brincar. Quando eu tinha 11 anos ele cismou que eu nunca seria beijada porque nenhum garoto aguentaria beijar uma garota que comia Cheetos de queijo. Eu amava comer besteiras, mas fiquei tão traumatizada que troquei de petisco no dia seguinte, e passei a comer só frutas no recreio. Pelo menos deu certo, porque um mês depois um garoto pediu para ficar comigo em uma festa da escola e eu aceitei – tá, seu César!

Lembro-me que ele me encarou a festa inteira e passou o resto da semana me criticando e falando como eu não sabia escolher garotos e que não acreditava que eu tinha perdido a BV com uma pessoa qualquer. Eu não entendi nada. Afinal, todo mundo perde a BV com uma pessoa qualquer. Qual era o problema? Mas ele teimou comigo. Até que me irritei e parei de brincar com ele. Já estava bem grandinha para ouvir suas ladainhas. Ele com 13 anos não tinha nada a ver com o garoto corajoso e superdivertido de nove anos. César ficou esquisito e mais tímido.

Balancei a cabeça de um lado para o outro tentando tirar essas memórias do meu cérebro. Apesar de a Amanda ter se apaixonado rápido demais eu não poderia tirar essa felicidade dela. E se ele a beijou era porque tinha algum interesse. Ele é o galinha da história, por isso vou segurar minhas emoções. Não vou perder a minha melhor amiga por causa de um flerte mal resolvido do passado.

— Helô! — Amanda me sacudiu. — Acorda, garota! Parece que está no mundo da Lua!

— O que é, amiga? — perguntei sem tirar os olhos do César.

— Vamos dançar! — Ela me puxou para o lado e para o outro e eu a acompanhei. Vi sua alegria e resolvi seguir em frente. Se existe alguém aqui que merece ser feliz, este alguém é Amanda.

— Amiga, estou vendo você e Gabriel juntos. Voltaram a namorar, é?

— Por enquanto estamos só ficando, mas depois quem sabe? — disse fingindo um sorriso. Eu não consigo ser sincera, por mais que eu tente, não consigo sorrir de verdade quando estou escondendo o que sinto. Mesmo para proteger uma grande amiga.

— Helô, você está triste? — perguntou desconfiada, mas Marina me salvou de uma resposta mentirosa. Ela arrastou Amanda para o banheiro e eu fiquei sozinha dando mais alguns beijos no Gabriel.

Quando elas voltaram, César estava tocando *Meu Novo Mundo* do Charlie Brown Jr. A música foi gravada meses antes de Chorão falecer. Ele era um ídolo para mim. Eu não sei por que, mas essa música mexia muito comigo. Será que César está *hackeando* meus pensamentos?

Depois que o show terminou, um DJ entrou e colocou umas músicas bem divertidas. Dancei até ficar com o cabelo molhado de tanto suor. Eu me senti poderosa com a música da Anitta, dancei forró agarradinha com Gabriel, rebolei até o chão com Amanda e Marina, mas não vi César em lugar algum. Amanda já estava ficando preocupada, mas disfarçava a angústia. Ai meu Deus! Ele deve ter percebido que eu gosto dele. Só pode ser isso, senão já estaria dançando com a gente. Até Augusto já tinha vindo receber os cumprimentos da galera e ele continuava trancado no camarim. Será que ele tinha fugido?

De repente uma mão gelada tocou meu ombro e quando me virei dei de cara com um César sorridente e feliz. Ele me deu um abraço e falou no meu ouvido sem que ninguém notasse.

— Posso conversar com você lá fora?

Eu gelei e respondi na hora.

— Claro que não.

Ele pegou minha mão e aproveitou o ritmo sertanejo para me rodopiar para lá e para cá antes de esquentar minhas orelhas com mais palavras.

— Eu preciso falar com você.

— Eu não quero falar com você. Será que dá para entender?

Gabriel olhou para mim e fez um olhar do tipo "o que está acontecendo?". Eu dei de ombros e me livrei do César. Eu não iria falar com ele nem morta. Não mesmo. Só que logo depois que me soltou, chamou Amanda para conversar e uma onda fria invadiu minha barriga. Fiquei encarando os dois no canto do bar e tentando ler alguma coisa pelos gestos que faziam. Amanda tentou abraçá-lo, mas ele a afastou. Tentou beijá-lo, mas ele fez que não e olhou para mim disfarçadamente. Eu agarrei Gabriel na mesma hora e o beijei bem forte. Aquilo não poderia estar acontecendo. César não pode simplesmente parar de ficar com Amanda. Ela gosta dele e ele tem a obrigação de gostar dela também. Eu o proíbo de gostar de mim.

Mas não teve jeito. Ele foi embora e a deixou chorando no banheiro. Corri atrás dele antes que fosse tarde demais. Puxei seu blazer com tanta força que rasguei um pedaço da manga. Olhei para ele e disse:

— Tecido vagabundo dá nisso. Se eu tivesse costurado aposto que não teria rasgado com um puxão tão leve.

— Então, por que você não costura minha vida?

— Hã? Você só pode está maluco! Eu lá tenho algo a ver com a sua vida.

— Não tem? Será que você é cega? Depois de todos esses anos você nunca percebeu que eu sempre fui apaixonado por você?

Engoli em seco. Procurei respirar fundo, mas o ar tinha desaparecido.

— Você nunca me falou nada — gritei. — Eu não tenho obrigação de adivinhar tudo o que você pensa.

— Eu tentei me aproximar, mas você me recusava. Eu tentei te esquecer, mas sua mãe insistiu tanto, disse que você precisava de aulas e que só iria aprender se fosse comigo.

— Eu te odeio, César. Eu te odeio pelo simples fato de você ter me rejeitado no momento em que descobriu o que eu sentia por você.

Ele olhou para mim transtornado sem entender muita coisa. Até que algo iluminou seus pensamentos e ele me abraçou bem forte. Eu tentei sair, mas ele me segurou e sussurrou.

— Helô, eu usava aparelho fixo em todos os meus dentes, eu jogava Pokémon, via Cavalheiros do Zodíaco e lia revistinha de super-heróis. Eu não fazia ideia do que era beijar uma garota.

Olhei para ele com muita raiva e me lembrei do que já havia esquecido há séculos. Lembrei-me do dia em que estávamos andando de bicicleta e um sentimento invadiu meu peito com tanta força que fui obrigada a parar tudo e beijá-lo. Ele me olhou com cara de espanto e começou a tossir. Eu achei que fosse morrer e bati em suas costas. Mas, logo depois ele parou, olhou para mim e saiu correndo. Desde então nossa amizade nunca mais foi a mesma e eu fiquei achando que meu bafo de Cheetos tinha causado a rejeição. Até hoje escovo os dentes umas dez vezes antes de ir para escola ou para festas. Tenho pavor de gente com bafo.

— Bom, você não me quis quando teve a oportunidade, agora trate de voltar com a Amanda e me deixar em paz — tentei empurrá-lo para longe, mas ele não me largou.

— Eu não vou voltar para algo que não comecei, Heloisa! — Olhou para mim com espanto. — Eu só fiquei com ela uma vez. Deu vontade de beijá-la e pronto. Você nunca ficou com alguém só por uma noite?

Tentei responder, mas ele me soltou e disse com um sorriso irônico.

— Não precisa nem me responder. Você está fazendo isso neste exato momento com o Gabriel. Eu sei que você não gosta dele. E, por favor, nem tente dizer que gosta dele sim e que não é só por uma noite, porque você não é garota de voltar com um garoto que te traiu com uma de suas melhores amigas.

Olhei para ele com raiva. Ele não tinha o direito de se meter na minha vida.

— Quer saber? Esqueça-me! Vou consolar minha amiga e dizer para ela que você é só mais um canalha que passou por sua vida para fortalecê-la.

— É isso que você pensa de mim, ratinha?

Eu não acredito que ele usou meu apelido de infância nessa altura do campeonato! Ah, mas isso não ia ficar assim. Dei um chute em seu joelho e fui para cima dele do jeito mais feminino possível: arranhando seus braços e puxando seu cabelo curto, mas não adiantou nada. Ele sorria e dizia que era um prazer levar uma surra de uma menina tão bonita quanto eu.

— Bate mais, nervosinha!

— Eu vou embora, César, e espero que terça-feira seja a nossa última aula. Eu não quero ter que olhar para a sua cara nunca mais.

Já estava voltando para o barzinho quando ele gritou.

— "Tu te tornas eternamente responsável por aquilo que cativas."

— Deu para falar grego agora? — Respondi.

— Leia *O Pequeno Príncipe* para terça-feira. Temos muito o que conversar.

Capítulo 14

Guerra é guerra

Look do dia: saia jeans, regata estampada com flores, arco dourado, All Star cor-de-rosa de saltinho anabela.

Depois de tudo o que aconteceu não sei como consegui acordar de bom humor. Domingo costuma ser um dia morno, sem sal e longo. Mas hoje eu vou aproveitar o dia para costurar. É o único jeito de esquecer toda a confusão de ontem.

Não consigo parar de pensar no olhar triste da Amanda quando a encontrei no banheiro. Marina tentava consolá-la, mas não adiantava. Ela chorava mais e mais. Seu rosto estava branco, seus olhos vermelhos e o meu coração destruído. Era tudo culpa minha, se eu não tivesse demonstrado que gostava do César, nada disso estaria acontecendo. Eu sou um monstro! Traí a minha melhor amiga e não posso contar pra ela, senão a perderei para sempre.

— Helô, por que ele fez isso comigo? Você falou com ele? Perguntou o que aconteceu? Ele tem outra? — olhou para mim desesperada e me abraçou soluçando, quando estávamos no banheiro do barzinho, tentando contornar a situação.

Marina me encarou por alguns segundos e disse:

— Ele deve ter outra Amanda, só pode ser. E também, queridinha, você só ficou com ele uma vez. Eu te avisei que se apaixonar na primeira vez é loucura. Não é Helô?

Nossa, que grossa! Precisava falar a verdade assim tão nua e crua? E ainda por cima jogar a responsabilidade da situação para mim.

— É amiga, acho que você se precipitou. Ele é esquisito, melequento. Eu te disse isso.

— Eu sei que você não gosta dele, mas eu gosto. Sempre gostei — disse entre um soluço e outro.

— Sempre gostou? — perguntei espantada. — Por que você nunca me falou nada?

— Por que o espanto, Helô? Não é só a Amanda que gosta dele — Marina jogou o veneno.

Eu sabia que ela estava esperando por esse momento. Naja peçonhenta! Como pude ser amiga dela? Ela me roubou o Gabriel, agora estava de olho no César. Querem apostar comigo?

— Mas é claro que não, Marina. Tem uma garota que ele gosta desde a infância. Ela deve gostar dele também — disse Amanda, ainda soluçando. Ela respirou fundo e segurou minha mão. — Helô, você me disse uma vez que brincava com ele quando sua mãe se atrasava para te buscar na escola, não é?

Gelei. Ai meu Deus! Ela não podia usar essa linha de raciocínio. Ela não podia. Não podia. Não! Ia descobrir tudo!

— Sim, brincava — respondi automaticamente.

— Helô? Isso eu não sabia. Vocês brincavam de médico ou de pega-pega? — perguntou a insuportável da Marina.

Hahahahaha. Eu me diverti bastante neste dia! — Marina

— Escuta aqui. Se você quer insinuar que eu sou a garota da qual o César gosta, pode tirar essa ideia da cabeça. Eu não tenho nada a ver com ele e só brincava na casa dele por falta de opção.

— Helô! Eu não estava falando isso — disse Amanda.

— Ah, deixa para lá. Agora não tenho o que fazer. Ele se foi, e eu o perdi. Gostei dele desde a primeira vez que ele foi lá em casa jogar videogame com o meu irmão.

Depois de alguns minutos Gabriel bateu na porta e nos chamou para ir embora. Seu pai nos deu uma carona, então me salvei de ter que beijá-lo por muito tempo. Insisti para Amanda dormir na minha casa, mas ela não quis. Disse que precisava ficar sozinha. Marina continuou me fuzilando, mas não me intimidei e retribuí o seu olhar esquisito.

Cheguei em casa e capotei na cama. Só acordei com minha mãe esmurrando a porta que nem uma desesperada. Ela queria porque queria que eu descesse para tomar café com o meu pai. Como aproveito todos os momentos livres que tenho com ele, desci correndo. Conversamos sobre a escola, minhas aulas de reforço, sobre política, sobre saúde e no final ainda ganhei um abraço gostoso. Eu amo meu pai. Queria poder ficar o tempo todo ao seu lado, mas ele é muito ocupado.

Já estava desenhando alguns croquis quando uma música alta invadiu meu quarto. Olhei pela janela e vi o imbecil do César tocando *Little Things* no violão para mim. Fechei o vidro com raiva e coloquei um travesseiro no ouvido. Isso é o que dá morar perto de garotos irritantes. Só que mesmo assim ele não parou de tocar aquela música. Como não adiantava nada ficar com a janela fechada

– porque ele tocava mesmo muito alto – abri de novo o vidro. Até porque o calor estava insuportável.

— Rodolfo, quer parar de tocar! Eu não vou ficar com você! — gritei.

— Eu odeio quando você me chama de Rodolfo. — E gritou mais alto ainda o refrão.

— Rodolfo, Rodolfo, Rodolfo, Rodolfo... — repeti seu nome aos berros milhares de vezes até ficar sem ar e sem saliva.

Ele morava muito próximo a mim. Nossas janelas eram praticamente coladas. Então, ele teve a brilhante ideia de jogar sua camisa para mim. Não sem antes borrifar perfume e escrever: "Eu te adoro, ratinha". Peguei aquele objeto nojento e cortei em muitos pedaços. Coloquei tudo em uma sacola e joguei de volta. Enquanto isso ele não parava de cantar minhas músicas favoritas.

— Quer parar de tocar violão na minha janela? Eu quero dormir!

— Quer nada! Você ia costurar que eu sei, madame!

— Agora você deu para me chamar de madame, mas antigamente só me chamava de Lolô.

— É porque você não é mais a minha Lolô. Agora é a minha madame e será a minha senhora.

— Não consegue nem me dar um beijo na boca e já quer casar? Eu não tenho culpa se você me rejeitou quando devia ter feito o que todo garoto faz: aproveitar a oportunidade de beijar uma garota linda.

— Quantas vezes vou ter que repetir que — gritou mais alto — EU TINHA VERGONHA DE BEIJAR NA BOCA.

— QUEM TEM VERGONHA DE BEIJAR NA BOCA SÃO AS GAROTAS! OS GAROTOS JÁ

NASCEM SABENDO — revidei no mesmo tom, deixando minha voz rouca.

— Você acha que sabe tudo do universo masculino, não é? Então me explica por que o Gabriel te traiu, hein?

Eu não acredito que ele tocou nesse assunto.

— Você não tem o direito de se meter na minha vida. Ele me traiu porque não presta, assim como todos os homens. Ou você se esqueceu do que fez com a minha melhor amiga ontem?

Ele olhou para os lados e bufou. Eu estava pendurada na janela com as pernas no telhado e ele estava em pé na cama fazendo caras e bocas.

— Eu já disse que só fiquei com ela uma vez. Amanda é muito bonita e me deu vontade de beijá-la.

— Se gostasse mesmo de mim não a beijaria. Tentaria me beijar.

— Ah, sim, você mal olhava para mim e quando falava comigo só sabia me insultar. Como vou beijar uma garota tão turrona como você?

— Não sei. Desse um jeito! — gritei e me arrependi no momento seguinte.

— Vou dar um jeito agora!

De repente ele subiu no telhado, engatinhou até a beirada e pulou em cima de mim. Caímos deitados na minha cama e assim ficamos até ele cometer a audácia de me beijar. No primeiro minuto eu não correspondi e me debati como pude, mas depois não resisti e me entreguei ao beijo que desejei por tanto tempo. Só que eu não poderia gostar, estava errado. Empurrei-o com força para fora da minha cama e me sentei na escrivaninha. Ficamos nos encarando por algum tempo até que pedi:

— Você pode ir embora, por favor?

— Não vou embora até você aceitar ficar comigo.

— Mas, gente, eu não quero. Qual é o seu problema?

— O meu problema é amar você demais. O meu problema é ter fugido do beijo que mais desejei na minha vida. É ter recusado a minha alma gêmea.

— Ah, César, sem exageros, por favor. Alma gêmea? Ah, me poupe. Lá vem você com esses conceitos do século passado. Depois minha mãe fala que eu sou uma adolescente exagerada. Deixa ela saber que você é assim também.

— Helô — Ele chegou mais perto e pegou minhas mãos —, eu gosto de você e sei que você gosta de mim. Não aguento mais ficar longe de você. Vamos tentar de novo. Nós merecemos uma chance...

— Eu não posso. Não vou ficar com você depois do que fez com Amanda — disse sentindo meu coração se partir. — Vai ser impossível olhar para a cara da Amanda depois que ela descobrir que estamos juntos. Somos amigas há muito tempo.

Ele balançou a cabeça, levantou-se e foi embora. Ainda bem que minha mãe não o viu saindo, senão seria bem difícil explicar como ele chegou ao meu quarto sem entrar pela sala. Fiquei um bom tempo olhando para a janela com a esperança de vê-lo subir no telhado e voltarmos a discutir o nosso relacionamento. Mas eu não posso colocar duas pessoas que amo em uma balança e decidir de quem gosto mais. Tenho que pensar na Amanda. Ela é minha melhor amiga e sempre fez tudo por mim. Por que a vida precisa ser tão complicada assim? Por que não posso desgostar do César e forçá-lo a ficar com a Amanda?

E o pior de tudo: por que estou mandando mensagem para minha mãe pedindo o livro *O Pequeno Príncipe* emprestado? Eu não quero ler o que ele me mandou ler. Eu não quero que César tenha mais controle sobre mim. Eu não quero gostar dele, por favor, me ajude! Eu não acredito muito em anjos, mas agora estou precisando tanto de um carinho divino...

De repente meu celular tremeu e um aviso de uma mensagem piscou no meu Facebook. Era o César! No meu inbox ele escreveu: veja minha timeline agora!

Ele realmente gostava muito de *O Morro dos Ventos Uivantes*.

C.R. MACHADO

"Nunca lhe confessei abertamente o meu amor, mas, se é verdade que os olhos falam, até um idiota teria percebido que eu estava perdidamente apaixonado."

Eu não poderia ficar calada, mas também não poderia demonstrar que tinha entendido que o recado era para mim. Por isso revidei com estilo. Abri meu livro e procurei uma boa frase que servisse como resposta, mas, ao mesmo tempo, não deixasse claro os meus sentimentos. Só que achar isso em um livro tão romântico e dramático era impossível, por isso fiz o meu melhor e respondi assim.

"Você me amava, então, que direito tinha você de me abandonar?"

Eu me apaixonei por Cathy e Heathcliff! Por isso, recomendo *O Morro dos Ventos Uivantes* para todas as minhas amigas que estão apaixonadas.

Ai meu Deus! Dois comentários no meu post quase me fizeram surtar.

> AMANDA CLARKE COMENTOU:
> Ai, amiga, quote apaixonado em um dia como esses! Só você mesmo. Posso saber por quem a senhorita está apaixonada? Não fala! Já sei hahahaha
>
> MARINA FIGUEIREDO COMENTOU:
> Hum, que quote romântico. Você e o César estão muito inspirados hoje. Faz parte da aula ler o mesmo livro?

Eu sabia que ela ia acabar comentando algo maldoso, mas pensei que talvez ela fosse prestar mais atenção em sua vida do que na minha. Respondi antes que estourasse uma bomba virtual em minha cabeça.

> HELÔ MARTINEZ
> Sim, Marina. Ele está me dando aulas de língua portuguesa e literatura, se esqueceu?

Saí do Facebook para não me estressar mais com Marina e com o César. Apesar de tudo, ainda era domingo e eu adoro criar novos croquis quando estou chateada! A angústia me inspira, pena que dói tanto.

Capítulo 15

Eu sei tudo sobre você

Look do dia: calça jeans escura, camiseta cafona do uniforme, tênis preto com tachinhas prateadas e cabelo preso em uma trança lateral.

A segunda-feira passou rápido e foi um dia muito melancólico na escola. Amanda não parou de suspirar a aula inteira e Marina não tirou os olhos de mim. Era só eu mexer no celular que ela mexia no dela para ver se eu tinha postado algo no Facebook. Aquilo já era perseguição, por isso resolvi tirar satisfações antes que a situação piorasse e ela inventasse algo para me separar de Amanda. Aliás, tenho certeza de que essa é a sua intenção desde que resolveu me vigiar. Ela não gosta de mim e quer acabar com a minha amizade, e, infelizmente, tenho que confessar que ela tem esse poder. Se ela provar para Amanda que eu sou a garota que o César gosta desde a infância, e que eu sei disso, será o meu fim.

Esperei Amanda entrar na fila da cantina e chamei Marina para conversar em um dos bancos perto da sala dos professores. Ela aceitou na hora e veio saltitando ao meu lado como se fôssemos melhores amigas.

— O que foi, Helô? — perguntou como se não soubesse a resposta. Falsa!

— Vou ser bem clara e direta. Se você continuar inventando coisas e falando besteiras de mim e do César para a Amanda, eu juro que arrumo um jeito de fazer você passar vergonha na escola.

— Até parece, queridinha. A única aqui que já passou vergonha foi você que levou um chifre na escola — disse rápido e tapou a boca com as duas mãos como se tivesse falando algo errado.

Tive que controlar a raiva para não avançar no pescoço dela, mas pensei na Amanda e continuei.

— Sério, Marina? Vai continuar com esses joguinhos de criança? O que você quer? Seja madura pelo menos uma vez na vida! — falei alto.

— Eu sou madura, Heloisa, e sei muito bem do seu envolvimento com o César. Eu sei que você gosta dele e ele de você. Ela precisa enxergar isso e sair do caminho. Eu só quero que você seja feliz.

— Ela não vai ver nada, sabe por quê? Eu não tenho nada com ele e mesmo se tivesse nem você e nem ela têm algo a ver com isso. Nós somos amigos de infância e passamos por muitas coisas. — tapei a boca e me arrependi do que falei. Entreguei metade do ouro ao bandido que só precisava juntar dois mais dois e matar a charada. E foi exatamente isso que ela fez.

— Eu sabia que você gostava dele. Foi ele, não foi? Foi ele que recusou seu beijo e te deixou uma semana chorando em casa! — disse triunfante para o meu espanto.

— Como você sabe disso? — perguntei espantada.

— Ai, Helô. Acho que você ainda não entendeu. Eu sei de tudo sobre você. Sei que você ama costurar e quer ser estilista daqui a dois anos, sei que você tem problemas com seu pai que te abandona sempre para ficar no tribunal, sei que sua mãe tem pressão alta e você morre de medo de perdê-la de uma hora para outra. E o melhor de tudo, sei que você parou de comer Cheetos de queijo depois que o César recusou o seu beijo quando foram andar de bicicleta no parque.

Senti minhas pernas tremerem e meu sangue se esvair. Como essa garota sabia tantos detalhes sobre a minha vida? Quem ela era? Só podia ser um monstro de outro planeta ou o diabo disfarçado de anjo loiro para me torturar. Marina olhou para mim com uma cara esquisita e me abraçou. Senti vontade de jogá-la longe, mas não poderia fazer isso com alguém que sabe tudo sobre a minha vida.

— Como? — perguntei sem forças para completar a frase.

— Eu não deveria te contar, mas farei isso em nome do enorme carinho que sinto por você.

— Marina! Acorda! Nós não somos amigas. Eu só te aturo porque Amanda gosta muito de você, senão nem passaria perto.

— Ai, Helô, assim você me magoa. Eu só quero ser sua amiga. Só isso. É pedir demais? Nós já passamos tantas tardes juntas tirando fotos.

— Eu gostava de você, Marina, até ficar com o meu namorado na frente de todo mundo. Agora não suporto olhar para a sua cara e estou querendo saber como você descobriu meus segredos.

— Foi fácil! Encontrei seu diário naquele dia que dormi na sua casa e peguei emprestado.

— Você não poderia ter feito isso! Sua... sua... — fiquei sem palavras e olhei para o lado para não xingá-la em frente a sala dos professores. Se um deles ouvisse, eu seria suspensa e não faria a prova de português na semana que vem.

— Calma, amiga! Eu tenho um plano e vai dar tudo certo. Vou recuperar o César para você e tirar Amanda do caminho.

Então era isso! Eu pensei que ela queria me tirar do caminho só que na verdade era a Amanda que ela queria longe.

— Por quê? Eu não te pedi nada, Marina. Deixe-me em paz e vá viver sua vida.

— Eu sou sua melhor amiga. Eu sempre fiz tudo por você, mas Amanda se intrometeu e te roubou de mim e antes que você pense besteira, eu só quero a sua amizade. Nada, além disso...

— Eu não sou um objeto para ser manipulado por você — disse com raiva e surpresa com tudo isso que estava acontecendo. De onde surgiu esse desespero todo por minha amizade?

— Helô, eu só quero te ver feliz ao lado de quem você ama. Amanda é uma destrambelhada que se apaixonou por um garoto no primeiro beijo. Ela não gosta dele, ela pensa que gosta, mas na verdade só sente atração. Não se culpe e vá em busca do seu grande amor.

— Você só pode estar maluca. Quer que eu chame uma ambulância para te internar no hospício? — perguntei sem saber o que fazer com tantas revelações.

— Helô — segurou minhas mãos com tanta força que eu não consegui me soltar —, eu vou te ajudar a ficar com o César. A Amanda não pode separar um grande amor só por causa de uma paixão temporária.

Bem, detesto ter de concordar, mas ela tinha razão. Amanda estava muito apaixonada para uma garota que ficou com o garoto uma vez só. Aquilo não era amor e só poderia ser paixão. Eu e o César sentíamos uma coisa muito forte um pelo outro desde pequenos, mas eu tive que esquecê-lo depois do episódio fatídico do Cheetos. Tive que fingir odiá-lo quando o vi invadir minha casa com aulas de português. Ele era o meu professor particular e não o César. Era outra pessoa. Não era aquele garoto que virou o rosto e saiu correndo quando sentiu meus lábios nos dele.

— Marina, você não vai fazer nada. Está me ouvindo? Nada! — falei bem alto para ver se entrava juízo em sua cabeça.

— Você não pode me impedir de querer te ajudar de novo, Heloisa. Eu posso parecer um monstro, mas nunca me esqueci daquela garotinha triste que encontrei deitada no chão do parque chorando como um bebê com fome.

De repente uma onda de lembranças, que fiz questão de apagar na pré-adolescência, invadiu minha mente e eu finalmente me lembrei de tudo nos mínimos detalhes. Sei que pode parecer esquisito, mas eu fiquei tão traumatizada com tudo que aconteceu que simplesmente me esqueci daquele dia. Fiz questão de apagar o César da minha memória e tentei tratá-lo como um estranho durante as aulas, mas não consegui. Meu ódio sempre foi amor e mamãe sabia disso quando o chamou para me dar aulas. Ela não estava arquitetando isso tudo sozinha, tinha alguém por trás disso. Ai meu Deus! Era a Marina.

Era Marina a garotinha que me viu no parque logo depois do fora e me levou para tomar um sorvete e secou minhas lágrimas, mas ela nunca me falou seu nome. Só me lembro da cor de trigo dos seus cabelos. Comecei a tremer descontroladamente e meus olhos se arregalaram entrando em estado de choque. Marina não era quem eu sempre pensei que fosse.

— Por que você não me disse isso quando nos conhecemos, no ano passado?

— Eu tentei, mas sempre que tocava no assunto do primeiro beijo você mencionava outro garoto, então eu achei que você não quisesse falar sobre isso e deixei pra lá. Além do mais, você deixou bem claro no dia do parque que nunca mais falaria com César, que ele tinha morrido para você.

— Por que você fez isso? Por que se juntou a minha mãe? Por que ficou com o Gabriel? Por quê? Por quê?

— Epa! Calma, eu não combinei nada com a sua mãe. Só que um dia desses em sua casa, quando ainda éramos amigas e eu posava com suas roupas, ouvi uma música muito linda, cantada com muito amor por uma voz ao lado de sua janela. Eu não sabia que você tinha um vizinho adolescente e tratei de prestar atenção. Enquanto você estava no banheiro, eu abri a janela e, vi o César cantar olhando para uma foto sua. Fiquei curiosa e, quando desci para lanchar, perguntei a sua mãe quem era o vizinho que cantava tão bem.

— Ah, já sei. Ela não segurou a língua e te contou tudo. — revirei os olhos.

— Mais ou menos. — sorriu. — Quando ela disse que vocês eram amigos de infância e que não se falavam mais, eu juntei A com B e me lembrei do dia do parque. Falei para ela o que tinha visto e ela me pediu ajuda para juntar vocês de novo. Segundo sua mãe, ele era uma ótima companhia para você.

Olhei para ela incrédula. Quer dizer que minha mãe é quem tinha arquitetado tudo com uma amiga traidora. Não podia ser verdade. Não mesmo.

— Então, minha mãe deu a ideia de você ficar com o Gabriel também?

— É claro que não, Helô. Eu confesso que, neste episódio, errei um pouco e passei dos limites. Eu sabia que o Gabriel ficava com outras garotas fora da escola, mas você era tão cega que não via nada. Então, o seduzi e marquei de ficar com ele bem na hora que você passava pela cantina — engoliu o ar e olhou para o lado como se tivesse escondendo alguma coisa muito importante.

— Você armou isso também? Não seria mais fácil ter me contado a verdade, Marina?

— Seria sim. Mas Amanda não me deixou falar nada e preferiu manter segredo.

— O quê? A Amanda sabia que ele me traia e não me falou nada? — Gritei. — Impossível. Ela não faria isso comigo. Você sim, ela não.

— Você acredita no que você quiser, mas ela sabia sim e fez de tudo para esconder. Até que eu tomei uma atitude radical demais e resolvi te mostrar da pior maneira. Fiquei com ele e te humilhei. Não sinto orgulho disso, pelo contrário. Sinto muita raiva pelo que fiz, mas foi necessário — respirou fundo.

— Sabe o que não entendo? Se você tem vergonha do que fez, por que começou essa conversa jogando na minha cara que eu fui chifrada na frente de toda a escola? — Perguntei com o objetivo de jogá-la contra a parede.

— Helô, eu também não sou de ferro, nem santa. Não aguento as suas provocações e o seu desprezo. Às vezes perco o controle e faço besteiras, mas a minha ideia sempre foi ajudar você a ficar com o César. Vocês se amam e agora estão livres!

— Você se esqueceu de que temos uma amiga em comum, arrasada pelo fora que levou do namorado?

— Meu Deus! Ele não é namorado dela e eles só ficaram uma vez! — Respirou fundo e segurou minhas mãos novamente. — Helô, coloca uma coisa em sua cabeça. Vocês foram feitos um para o outro e eu não vou deixar uma paixão boba atrapalhar o seu futuro amoroso.

— Você me dá medo quando fala assim.

— É tão difícil acreditar que eu quero seu bem?

— É praticamente impossível e eu já teria te dado um soco se não tivesse mencionado minha mãe. Ela estar por trás disso tudo explica muita coisa. Agora, você é uma surpresa sem fim.

— O que é uma surpresa? — Perguntou Amanda surgindo do nada atrás de mim. Achei que Marina fosse falar algo e rir da minha cara por ter acreditado em todo aquele discurso, mas ela sorriu e disse:

— É uma surpresa César ter ficado com você, depois de ter falado para todo mundo que gostava de outra garota.

Amanda ficou nervosa e lançou um olhar fatal para Marina, que deu de ombros e sorriu para mim. Será que elas estavam me escondendo mais alguma coisa? Por que Amanda ficou diferente de uma hora para outra?

É... tinha sido um dia de muitas revelações. Foram tantas informações que passei a noite inteira pensando e não consegui dormir direito. Quando consegui pregar o olho já estava na hora da aula e aqui estou eu esperando o César chegar para mais uma sessão de tortura.

Capítulo 16

Tudo errado

Look do dia: short de cintura alta estampado com flores, blusa de renda branca, cinto amarelo, sandália caramelo e trança lateral.

— Bom dia, madame! Pronta para começar a aula? — perguntou o radiante César Rodolfo ao entrar porta adentro com um violão na mão e uma maleta pesada. Parecia um advogado libertino.

Eu estava com muito sono, então fiz que sim sem muito entusiasmo e me sentei na mesa da sala. Eu queria falar tantas coisas para ele, mas não podia.

— César, por que você sempre me trata como uma aluna nas suas aulas?

— Bom, talvez por que você seja minha aluna? — respondeu ironicamente como sempre.

— Dã! Não foi isso que quis dizer. Nós nos conhecemos desde pequenos, mas você faz questão de manter uma distância esquisita. No primeiro dia de aula nós parecíamos estranhos.

— E nós éramos estranhos. Eu não falava com você fazia cinco anos. Para mim isso é a mesma coisa que não conhecer a pessoa.

Ai, aquilo doeu.

— Quer dizer que você fica um tempo sem falar com alguém e simplesmente ela entra na gaveta do esquecimento? — perguntei magoada.

Ele desfez a armadura de professor e pegou minhas mãos, sentando-se ao meu lado.

— Helô, eu nunca te esqueci, mas você sim. Você nunca mais olhou na minha cara e sempre me evitou. Como queria que eu agisse com você? Eu também sou inseguro e envergonhado, poxa! — Disse com um leve sorriso no rosto.

— Eu sei — Respondi sentindo as maçãs de meu rosto corarem. Estava igual a um tomate. Conversar com César sempre me deixava constrangida. Parece que estou pisando em ovos! — Vamos começar a aula? — Perguntei tentando afastar o clima tenso.

— Sim, claro — disse soltando minhas mãos e tirando algumas folhas de papel da maleta. — Aqui estão as suas resenhas, madame — sorriu ao falar a última palavra. — Eu gosto de te tratar como uma dama, Lolô. Você é a minha princesa, só não tivemos oportunidade de ficar juntos... ainda.

— Rodolfo, podemos não falar sobre isso? — Pedi usando o nome que ele menos gosta. Eu adoro ser implicante!

— Tudo bem, mas nada de Rodolfo, ok?!

Sorri e dei um tapinha em seu ombro. Ele me lançou um olhar provocador e se aproximou lentamente de meu rosto, mas na hora H beijou minha testa e acariciou minhas bochechas. Ai, meu coração! É muita emoção para uma garota só!

— César — sorri —, tenho uma coisa para te mostrar. Lembra quando você me pediu para escrever uma música? Então, quer ouvir?

Ele me olhou surpreso e sem reação. Acho que ele nunca esperou que eu fosse gostar mesmo de suas aulas e até fazer as tarefas de casa. Mal sabe ele que devorei *O Pequeno Príncipe* na madrugada, enquanto tentava esquecer a conversa com a Marina. Eu queria muito esclarecer essa história com a minha mãe, mas ainda não tive a oportunidade de encontrá-la sozinha. Não quero que papai saiba dessa confusão toda. Aliás, não gosto de contar para ele o que se passa em minha vida amorosa. Era só o que faltava ter um pai confidente! Não! Já basta uma mãe intrometida.

Intrometida nada, querida. Eu fiz tudo o que fiz pela sua felicidade! — Mãe da Helô

Peguei o violão e cantei a paródia da música *Monte Castelo* que fiz para ele. Cantei com emoção e alegria. Quando terminei ele olhou para mim com cara de espanto, tirou o violão da minha mão e me beijou com muito carinho. Foi um beijo quente, romântico, fofo. Foi muito lindo!

— Helô! Como seus beijos são bons! Como pude recusá-los? Como fiquei tanto tempo sem sua boca?

— Menos, César! Mas que você poderia ter passado cinco anos me beijando, ah, isso poderia! — gargalhei.

— Engraçadinha! Às vezes penso que isso aconteceu para que você não enjoasse logo de mim e para que pudéssemos casar daqui a cinco anos, quando eu me formar.

— Gente! Você está lendo livros demais! Eu vi a sua citação de *O Morro dos Ventos Uivantes*. Era para mim, não era?

— Você tem dúvidas, madame? — disse entre um beijo na minha boca e outro no queixo. O garoto gostou mesmo de me beijar.

— Sabe, eu acho que não só me apaixonei por você. Quer dizer, eu sempre gostei de você, mas não queria admitir. Queria esconder. Uma rejeição na pré-adolescência é muito ruim, mas... — suspirei. — Enfim! Eu acho que me apaixonei também pela literatura. Não consigo parar de ler e agora passo horas na internet pesquisando blogs de livros.

Ele olhou para mim com ternura, arrancou-me do sofá e me girou no ar. Tudo bem que sou leve, mas mesmo assim a cena foi hilária! Parecíamos duas crianças felizes!

— Lolô, você não sabe como isso me deixa feliz! Agora só falta tirar aquele dez bem bonito na prova e passar de ano com louvor. Ano que vem virei aqui todos os dias te ajudar a passar no vestibular de moda e serei advogado particular da sua empresa. Seremos muito felizes juntos!

Opa! Felizes juntos NÃO!

De repente o alarme amizade soou dentro de minha cabeça e eu me lembrei de Amanda triste e desolada chorando no bar depois do fora que levou do César. Eu não posso ser feliz enquanto ela estiver infeliz. Isso é fato! Mesmo que eu me sinta péssima e mesmo que meu coração exploda em mil pedacinhos, eu não posso passar por cima de uma amizade de anos por conta de um grande amor.

— César — saí de seus braços e me sentei no outro sofá. —, eu não posso trair a minha melhor amiga. Nós não podemos ficar juntos. Vamos terminar as aulas e depois vai cada um para o seu canto.

Olhei para ele séria e peguei meu caderno de exercícios antes que a situação fugisse do meu controle. Se ele me beijasse mais uma vez eu não conseguiria resistir. Como um garoto tão tímido pode beijar tão bem? Eu pensei que quanto mais nerd o garoto fosse, menos ele saberia sobre beijos e garotas. Pelo jeito estava enganada. O garoto para beijar bem e com delicadeza. Prefiro beijos calmos e apaixonados a beijos babados e apressados.

Fiz meus exercícios e fiquei desenhando no canto do caderno para ganhar tempo. Queria que o tempo passasse rápido, mas sempre quando queremos uma ajuda do relógio, ele emperra e os ponteiros não giram. Parece do contra! Eu não sabia mais o que fazer para me controlar e não olhar para César. É difícil descobrir um sentimento tão forte por alguém e ter que guardá-lo.

Ele lia um livro com tanto prazer e mistério. Estava concentrado no Código Civil e volta e meia fazia anotações em uma folha de papel. Era impressionante a paixão dele pelo Direito. Eu nunca vi uma pessoa tão apaixonada por leis como ele. Chegava a dar inveja. Se eu não gostasse tanto de costurar, não conseguiria entender nunca o seu amor pela advocacia. A maioria dos adultos que conheço ou odeiam o que fazem e reclamam o dia inteiro ou escolhem uma profissão chata, mas com um grande retorno financeiro. É difícil encontrar pessoas que declarem com orgulho que se sentem satisfeitas com o trabalho. Dá até para contar no dedo. Por isso não tenho dúvidas que ele será um ótimo advogado, com covinhas charmosas, pele branca, olhos verdes, testa larga, bochechas cheias e braços grandes.

Até que ele estava bem fortinho para quem tinha começado a malhar há pouco tempo. Os garotos têm uma facilidade de emagrecer e ganhar músculos que as garotas não têm. Eu preciso ficar o dobro de tempo na academia para perder o que eles perdem em uma hora. Mas eu gosto mesmo é de fofocar com minhas amigas e trocar mensagens quando estou esperando o tempo de descanso no aparelho, então não posso reclamar.

César olhou para mim e eu disfarcei jogando um lápis no chão e abaixando para pegá-lo. Como iria explicar que meus olhos não conseguem desgrudar dos dele? É impressionante como de repente o meu universo mudou e meu corpo passou a se mexer junto com o dele. Ele mexia as mãos, eu coçava o nariz. Ele dobrava as pernas, eu esticava as minhas. Eu prendia o cabelo, ele segurava as pontas do seu. Eu tossia, ele pigarreava. Parecia uma dança silenciosa dos apaixonados reprimidos.

— "Só se vê bem com o coração, o essencial é invisível aos olhos" — ele disse, citando um trecho do livro *O Pequeno Príncipe*. Agora eu sou uma leitora voraz e nada me escapa.

— O quê? — perguntei disfarçando o interesse na frase.

— Eu disse que se você continuar me olhando assim, eu vou me levantar, te abraçar e te dar um beijo.

Segurei um riso e disse:

— Eu tenho certeza de que Antoine de Saint-Exupéry não quis dizer isso, mas prometo me controlar... — olhei para o teto ao sentir minhas bochechas incharem e meu rosto virar pimentão maduro.

— Não adianta disfarçar, madame. Seu corpo não mente e ele está dizendo que você está louca para me dar um beijo.

— Ah, agora você deu para ler corpos também? — Perguntei sentindo meu rosto derreter. Levantei imediatamente quando ele andou em minha direção e corri para trás das cortinas. Como se elas fossem me proteger das batidas do meu coração.

Ele gargalhou com a minha atitude e brincou.

— Onde é que a Lolô se escondeu? Será que ela está atrás do sofá? — Zombou imitando o jeito que ele costumava brincar quando eu me escondia da Dona Lourdes na hora do jantar. Ela sempre cozinhava espinafre e brócolis e eu odeio verduras! Era uma tortura comer feijão, arroz e espinafre batido. Eca! Argh!

César levantou a cortina, agarrou minha cintura, pressionou seu corpo contra o meu e me beijou apaixonadamente. Eu não tive outra opção senão retribuir, até porque os meus sentimentos estavam quase explodindo de tanto que eu os escondia em meu coração.

O beijo foi tão macio, gostoso e carinhoso que me esqueci de tudo. Esqueci que estava na sala estudando para passar em português, esqueci que eu não podia ficar com ele e mais ainda me esqueci de fechar a porta de casa.

E pensando bem, o beijo foi tão bom que pensei em dizer à Amanda que eu realmente o amo e que não posso abrir mão desse amor por ela. Simplesmente não posso. Seria covardia demais fugir de algo que eu senti a vida toda, mas escondi nas profundezas do meu coração. Amor ferido é pior do que amor bandido.

Aconteceu tudo tão rápido que eu nem tive tempo de pensar direito. Quando dei por mim o show já tinha começado e eu estava no meio do palco chorando e desesperada por ter sido pega no flagra.

— Heloisa! — Amanda gritou. — Eu não acredito que vocês estão juntos! — Colocou a mão na boca e me encarou chocada. — Quer dizer que vocês me enganaram esse tempo todo?! — Esbravejou.

— Não! Amiga, calma! Preste atenção! Não é nada disso que você está pensando — disse tentando apaziguar a situação, enquanto César nos encarava com um olhar ao mesmo tempo sério e apaixonado.

— Como não? Vocês estavam se beijando atrás da cortina! — Gritou ela revoltada. — Pelo amor de Deus! Pare de mentir para mim! — Ordenou. — Eu não sou nenhuma criança incapaz de entender o óbvio. Vocês estavam ficando e zombando de mim.

— Claro que não, amiga. Eu e o César não temos nada. Nunca tivemos, foi só uma coisa passageira — tentei fazê-la entender de alguma forma, mas quanto mais falava, mais eu piorava a situação. César não gostou muito do que eu disse sobre nós.

— Ei! Helô, nós temos algo desde que você tinha 11 anos, então é melhor esclarecer tudo e dizer para Amanda o que você está sentindo, em vez de mentir.

— Concordo — disse Amanda depois de sentar no sofá como uma rainha esperando explicações dos seus súditos. Ela estava muito estranha. Eu nunca a vi tão revoltada e prepotente.

— Você está maluco! Sei que somos vizinhos, mas eu nunca falei com você. Sempre te achei um melequento nojento e asqueroso. Como pode dizer que temos algo? — Disse sentindo facas espetarem meu coração cada vez que pensava no tamanho da mentira que eu estava inventando.

César me olhou com espanto e Amanda nos encarou esperando o desfecho da história.

— Você tem certeza Heloisa que me acha asqueroso e que aquele beijo não significou nada?

— Nada — a faca espetou minha alma e eu fiquei sem ar. Sem vida.

— Tudo bem, se é assim — disse com um olhar triste. — Amanda, eu peço desculpas por toda essa confusão. Eu amo muito a Helô desde pequeno e achei que ela me amasse também, mas pelo jeito pensei errado — engoliu em seco. — Peço desculpas por todo o transtorno que te causei, mas preciso dizer que gostei muito de ficar com você. Você é uma menina doce, simpática, carinhosa e inteligente, mas nós não mandamos no coração. O máximo que podemos fazer é fechá-lo para sempre e trancá-lo a sete chaves. Mas esquecer de um grande amor é praticamente impossível...

Vi uma lágrima descer de seus olhos e me senti ainda pior. Amanda olhou para ele com ternura e o abraçou lançando um olhar venenoso para mim. Era como se ela tivesse ganhado alguma competição da qual eu não sabia da existência.

Capítulo 17

Tempo nublado

Look do dia: camisola de oncinha, cabelo desarrumado e muitas remelas nos olhos.

— Heloisa, levante dessa cama e vá para a escola! — Minha mãe gritou, jogando meu cobertor longe. Delicada como um anjo. #sóquenão

— Mãe! Será que você pode me deixar curtir a minha fossa ao menos uma vez na vida? — Implorei e bufei, mas de nada adiantou. Ela cismou de fazer cosquinhas em minha barriga até eu morrer de rir e levantar, mas a situação estava crítica e mesmo assim não consegui sorrir nem um segundo. Eu queria morrer! Queria enfiar minha cara na terra e não sair de lá jamais. Minha mãe não compreendia que eu estava sofrendo de amor. Perdi César, aliás, eu não tinha como perder o que nunca tinha tido realmente e, agora, Amanda me odiava e não atendia mais minhas ligações. Perfeito! Como a minha vida é maravilhosa! #sóquenão!

Sinceramente, não aguento mais essa ironia crônica de meus pensamentos. Eu quero ser feliz, mas neste momento é impossível consertar as coisas.

— Filha, já faz três dias que você não sai desse quarto. No início eu te respeitei, até porque me sinto culpada por ter contribuído para toda essa confusão — suspirou. — Maldita hora que eu inventei de juntar você e o filho de Dona Lourdes.

— Maldita hora mesmo! Olha só o que você arrumou. Amanda me odeia, César não quer mais saber de mim, mas eu também não quero saber dele.

— Por que não?

— Mãe, ele traumatizou a minha pré-adolescência! — Gritei indignada.

— Que exagero, Heloisa! Ele estava com tanta vergonha quanto você. Garotos são assim mesmo, minha filha, eles fogem quando se sentem acuados e envergonhados. Mas isso não quer dizer que ele não goste de você.

— Não interessa! — Urrei de raiva. — Eu não quero mais saber dele — revirei os olhos. — Tudo o que importa é recuperar a amizade da Amanda.

— Sabe minha filha, eu não sei se a Amanda é tão boa amiga como você pensa. A Marina andou me falando algumas coisas...

— Ah, era só o que me faltava agora! Você defender a ridícula da Marina e espezinhar a minha melhor amiga — urrei e soquei o travesseiro. Mamãe se assustou e me deu uma bronca por minha grosseira sem sentido.

— Olha só! Estou falando com você direito e sem estresse. Se começar a gritar e a bater nas coisas eu mesma te tranco neste quarto e jogo a chave fora. Eu só falei o que penso. E já está na hora de você observar melhor as suas amizades, e ver quem é mesmo sua amiga. Marina é uma boa menina, pode ter errado no passado, mas agiu correto na hora certa.

Ela levantou da cama e mexeu na cortina para abrir a janela. Eu quase tive uma síncope nervosa quando o sol entrou e eu ouvi alguns acordes do violão do César. Ele não poderia me ver sofrendo de jeito nenhum! Eu não iria dar o gostinho da vitória para ele NUNCA! Se ele souber que eu também gosto dele, ferrou. Vai me perturbar a vida toda e Amanda nunca vai me perdoar. Na verdade ele sabe, mas eu prefiro continuar me iludindo a encarar tudo isso e perder minha amiga.

— Nãoooooooooooooooooooo! — Gritei histérica. — Fecha essa janela PELO AMOR DE DEUS!

— Calma, Heloisa! Que horror! — Fechou a janela e se sentou ao meu lado. Acariciou meus cabelos e beijou minha testa. Ai, que saudades da minha mãe gentil e carinhosa. — Filhinha, você tem que ter mais paciência com as situações difíceis da sua vida. Como pode ficar tão nervosa por conta de uma amiga que não vale a pena e um grande amor louco por você, na janela ao lado?

— E quando eu penso que você vai ser uma mãe fofa, você joga um balde de água fria. Não quero mais falar sobre isso — bufei e enterrei a cara em seus braços.

— Então vamos falar da sua festa de aniversário que está chegando. O que você quer fazer este ano?

— Nada — respondi azeda.

— Vamos fazer uma grande festa, filha! Com direito a DJ, comidas gostosas, decoração e diversão.

— Nossa! A senhora falou como aquelas recreadoras de colônia de férias agora. Que deprimente — revirei os olhos.

— Para de besteira, filha. Vamos fazer uma festa à fantasia?

Fantasia? Hmm. Eu adoro fantasias! Pensei durante alguns minutos e decidi fazer a festa. Afinal, um pouco de diversão não faz mal a ninguém e eu já não aguentava mais ficar na fossa.

— Boa ideia! — Levantei-me da cama e corri para o banho. — Eu vou te ajudar com todos os preparativos!

— Pulei de alegria. — E tem mais. Eu quero me vestir de Rainha de Copas de Wonderland.

— Rainha do quê?

— Esquece. Eu quero ser uma rainha que manda cortar as cabeças! — Gritei.

— Hã? Não estou entendendo, meu amor.

— Mãe, você não lê, não? Estou falando da rainha má do livro *Alice no País das Maravilhas*. Comprei outro dia na livraria e adorei a história.

— Hum! — Estalou a língua com satisfação. — Estou vendo que César Rodolfo te ensinou direitinho e despertou mesmo o amor pela literatura em você — disse e recolheu minhas roupas sujas. Minha mãe era um anjo!

Joguei uma almofada nela e comecei a imaginar como iria fazer a minha roupa para a festa. Eu tinha 20 dias para organizar uma festa à fantasia e arrancar de vez o sentimento forte de amor do meu peito.

#ByeByeCésar #festaanoitetoda

Capítulo 18

O amor dói demais

Look do dia: uniforme do colégio, short jeans com tachinhas pretas, All Star decorado com as cores do livro A Culpa é das Estrelas, *cabelo preso em um rabo de cavalo alto e muita maquiagem.*

Minha vida não estava nada fácil. Desde o episódio fatídico em minha casa, Amanda não falava comigo e o clima estava cada vez pior. Por outro lado, Marina resolveu ser a minha "fada madrinha" e fazer tudo para me animar. Eu não queria sorrir, mas não aguentava com tanta palhaçada que ela fazia na hora do recreio. Ela contava umas piadas que me impediam de ficar séria o tempo todo.

Depois de me pedir desculpas mil vezes por ter ficado com o meu ex-namorado, ela se transformou em outra garota. Mais madura, carinhosa e atenciosa, enquanto Amanda se afastava mais e mais. Eu pensei que Marina fosse ficar do lado dela, já que sempre fez isso, mas ninguém conseguia suportar o mau humor da Amanda. Ela se tornou uma garota rancorosa, vingativa e estressada. Em várias aulas a vi questionar o professor sobre a minha capacidade de fazer trabalhos e a minha falta de compreensão para assuntos fáceis.

Eu tenho mais dificuldade em aprender matemática, mas nem por isso desisti, só que preciso de mais tempo para pegar o raciocínio e isso a incomodava muito. No dia da prova de português, para a qual fiquei vários meses estudando para passar, ela fez questão de ficar como monitora só para se certificar de que eu não estava colando, ou melhor, ela queria mesmo era me pegar olhando a prova do lado e fazer a professora me dar um belo e redondo zero. Só que eu estudei muito e, graças às aulas com o César, eu consegui tirar nota boa porque aprendi a gostar de ler e, por conta disso, a interpretar as questões com mais facilidade.

Ler é tudo de bom. Desde que passei a ler um livro por semana minha vida mudou, tanto no lado pessoal quanto no profissional, porque tive várias ideias para criar minhas roupas nos romances de época. Fiz blusas com renda, saias longas com babados. Usei e abusei da literatura para criar as minhas peças. Logo, logo eu estaria pronta para abrir a minha loja e cursar a universidade de moda. Acabei me convencendo de que para ser uma profissional completa eu deveria estudar bastante para não cometer erros bobos no futuro. E a ideia de passar uma temporada em Londres estudando moda me agradou muito. Claro que minha mãe não sabe disso ainda, mas estou juntando panfletos e argumentos para convencê-la de que preciso fazer uns cursos fora antes de começar a faculdade.

Papai ia enlouquecer com qualquer profissão que eu escolhesse que não fosse Direito, então eu nem perdi meu tempo pensando em convencê-lo. Falar com a minha mãe era mais fácil e mais confortável para mim. Ela me irritava, mas no fundo me entendia. Era a melhor mãe de todas!

Ô minha filha linda! Eu sei que sou a melhor mãe do mundo mesmo! — Mãe da Helô

Mas isso ficaria para o futuro, o que mais me preocupava agora era a minha festa de aniversário à fantasia! O meu vestido estava quase pronto e a galera da turma já havia confirmado presença. A festa aconteceria na semana que vem e Amanda ainda não tinha me dado uma chance. Também, depois de tudo que ela fez para me prejudicar na escola, não sei se quero reconquistar a sua amizade. Sei lá, parece que o vazio deixado por ela foi preenchido por mágoas e tristezas.

Terminei de costurar a manga do vestido e chamei mamãe para me ajudar a colocá-lo. Comprei uma cinta, para afinar a cintura e segurar as gordurinhas sobressalentes, bem potente como as heroínas dos livros de Jane Austen e rodopiei de alegria pelo quarto.

— Vou cortar muitas cabeças! Hahahaha!

Minha mãe aproveitou para tirar muitas fotos e comentar cada detalhe do meu modelito.

— Como essa saia ficou linda! Você caprichou, minha filha!

— Obrigada! Modéstia à parte, eu sei costurar, né!? O vestido dos anos 50 que fiz para você ficou bem bonito também, apesar de achar que era só remexer naquele baú velho da vovó que você encontraria suas roupas da adolescência.

— Ah, Heloisa! Como ousa me chamar de velha? Eu nasci nos anos 1970, viu!

— Sei mãe. Setenta menos 10, você quer dizer — zombei com carinho da minha mãezinha.

Ela me olhou com desdém e deu um peteleco no meu ombro. Em seguida foi abrir a janela proibida. Eu não tive nem tempo de gritar! Quando me virei César estava sentado em sua cama, sem camisa, com o violão na mão e cantando com muita emoção.

Mamãe saiu de fininho e nós ficamos nos encarando em silêncio por alguns minutos, até que ele piscou e um sorriso sem-vergonha saiu de meus lábios. Pensei em fechar a cortina e terminar com essa tortura de uma vez, mas ele me implorou com os olhos para prestar atenção na melodia que tocava e quando dei por mim estava rodopiando pelo quarto, como uma mocinha nos bailes de gala da Inglaterra.

Aquela música marcou muito um livro que li ano passado, chamado *A Filha da Feiticeira*. Acho que o nome da melodia é *Greensleeves*. Tudo bem, música renascentista não tinha muito a ver com as mocinhas de Jane Austen, mas a imaginação é minha e eu invento o que quiser. Tudo que eu mais queria naquele momento era dançar, dançar, rodopiar, girar e abraçar César. De repente um instrumento diferente invadiu meus sentidos e quando vi, ele estava tocando violino.

Chorei instintivamente com a beleza do momento. Ele estava com os olhos cravados em mim e eu bailava como se não houvesse amanhã. Quando terminou vi uma lágrima escapar de seus olhos e meu coração doeu como nunca havia doído. Senti uma pontada forte e um frio muito intenso. César parou de tocar e se aproximou mais da janela para falar comigo, mas eu entrei em pânico e fechei a cortina correndo.

Mas não resisti à tentação de dar uma espiadela na fresta do tecido e meus olhos ficaram turvos e inundados de água quando vi a linda declaração de amor que ele escreveu no vidro. "Te amo. Te amei. Te amarei e nunca te esquecerei. Você sempre foi a flor reluzente do meu jardim e sempre será a dona do meu coração. Dance, minha pequena. Dance para mim.".

Eu escancarei a cortina e ele começou a tocar a música *Give Your Heart a Break* da Demi Lovato no violino. Eu sorri, pulei e me diverti como uma garotinha. Aquele garoto mexia muito comigo. Não tinha jeito. Esse nosso amor era mesmo muito forte.

Mas um toque insistente tirou todo o meu foco da felicidade. Amanda estava me chamando no Skype e eu não poderia perder essa chance por nada nesse mundo. Nem mesmo por uma serenata tão literária e teen quanto essa. César sabia como me conquistar.

A conversa não foi nada boa, mas pelo menos colocamos todos os pingos nos is e "fingimos" nos acertar. Digo fingimos porque não consigo ficar bem com essa situação toda. Ela era a minha melhor amiga. Nós tínhamos um blog juntas e não nos desgrudávamos no recreio. Eu traí a sua confiança, a sua amizade e mais uma vez estava me sentindo a PIOR pessoa do mundo. E eu era mesmo.

— Helô, eu gostaria de te pedir desculpas por ter me afastado e pelas coisas que andei fazendo contra você no colégio.

Olhei para o lado e tentei fingir que a internet tinha caído, mas ela percebeu e eu tive que encará-la.

— Amiga, eu sinto muito a sua falta. Eu que errei com você. Eu nem gosto do César. Não sei por que deixei isso tudo acontecer.

— Pois é. Por isso fiquei tão chateada, Helô. Eu sei que você não gosta dele. Você sempre falou mal dele, mas isso não o impediu de terminar tudo comigo.

Respirei fundo e continuei com delicadeza e paciência, pois não podia botar tudo a perder.

— Amanda, vocês só ficaram e nem chegaram a namorar. Você não acha que está exagerando?

— Exagerando? — Gritou. — Você só pode estar maluca! — Levou a mão ao coração. — Eu amo aquele garoto com todas as minhas forças e não quero você perto dele.

Por mais contrariada que estivesse, eu não poderia ficar sem minha amiga por mais um dia, muito menos na minha festa. Eu precisava ter a minha melhor amiga de volta. Se isso significasse passar por cima do turbilhão de sentimentos que estava batendo com força no meu coração, eu passaria. Com medo e arrependimento, mas era preciso. César já tinha me magoado uma vez e poderia fazer isso de novo. Mas Amanda sempre ficou ao meu lado.

— Calma, amiga. Só dei a minha opinião, mas vou fazer o que você me pediu e vou me afastar. Eu só não posso me mudar, porque isso não depende de mim.

— Ufa! — Suspirou. — Assim eu fico mais aliviada.

— Só queria saber uma coisa. Um passarinho me contou que você já sabia que a garota misteriosa do César era eu. Isso é verdade?

Ela olhou para o lado para tentar disfarçar, mas vi suas bochechas ficarem vermelhas. Haha! Tinha pegado a Amanda no pulo!

— É sim. Eu ouvi uma conversa dele com o meu irmão faz uns dois anos, mas eu já nutria um sentimento forte por ele e não podia simplesmente aceitar isso. Você me entende?

Não, não te entendo.

— Claro, Amanda. Eu sofri muito na mão daquele garoto estúpido e hoje não sinto nada por ele a não ser nojo e desprezo. Ele merece tudo de ruim nesse mundo e mais um pouco.

— Que isso, Helô! Eu gosto dele e quero que você me ajude a ficar com ele.

Eu não posso ajudar! Não podia passar por cima da nossa amizade para ficar com César, mas também não podia entregar o garoto que eu amava, de bandeja.

— Vou te ajudar! É até melhor porque só assim consigo tirá-lo de perto de mim. Ele não me larga. Fica me espionando pela janela e não me deixa em paz. Como eu ODEIO aquele garoto — fiz cara de brava por fora e de arrependida por dentro.

— É, mas não precisa conversar com ele pessoalmente, basta um e-mail dizendo que o detesta e pronto!

Clap! Clap! Clap!

Ouvi um barulho de palmas vindo da porta e quando me virei encontrei César com as mãos na cintura me olhando perplexo.

— Parabéns para as duas! Sinceramente, não sei como consegui me envolver com duas garotas malucas e insensíveis.

— César, eu posso explicar.

— Explicar o quê, senhorita? — Segurou meus pulsos e me encarou. — Que você me despreza? Que você dança para mim em um minuto e no outro está me empurrando para a sua melhor amiga? — Amanda sorria de prazer enquanto César tinha vontade de me sufocar.

— E você, dona Amanda! — Apontou o dedo para ela. — Eu nunca pensei que pudesse ser tão baixa a ponto de fazer a sua amiga se afastar, mesmo sabendo que ela é completamente apaixonada por mim.

— Eu não sou apaixonada por você! — Gritei e me soltei de seus braços.

— Conta outra, Helô. Você me ama e eu tenho certeza disso. Não adianta espalhar para os quatro ventos que eu sou isso, que sou aquilo e que você me odeia. Eu te conheço e sei quando você está mentindo, mas estou enjoado de ser saco de pancada de vocês duas — disse com raiva, virou o rosto para a parede e passou as mãos nos cabelos várias vezes.

— César, vem aqui em casa. Vamos conversar. Helô não te ama. Ela está mentindo. Eu gosto de você de verdade e posso te fazer feliz.

Olhei para ela com raiva. Como ela pôde ficar contra mim quando eu abdiquei de tudo para ter a nossa amizade de volta?

— Quer saber! Cansei de vocês. Eu não quero vê-las nem pintadas de ouro.

— Até parece. Eu moro do seu lado, você terá que conviver muito comigo ainda — ops! Deixei escapar uma frase sarcástica só para piorar a situação. Eu era muito burra mesmo!

— Pois fique sabendo que estou seriamente pensando em fazer um intercâmbio na Austrália e ficar um ano fora — engoliu seco e olhou para a janela. — Quem sabe não me apaixono por uma gringa e te esqueço de vez? Era para eu ter feito isso há anos, mas simplesmente não consigo arrancar esse amor do meu peito. Eu te amo, garota! Será que você não vai me perdoar nunca por ter recusado seu beijo? — Suspirou frustrado.

Fiquei sem ação e sem ar. Eu só queria fugir dali e me esconder em um buraco bem fundo. Desliguei a conversa com Amanda e comecei a chorar sem parar. César tentou me abraçar, mas eu pedi para ele sair do meu quarto e desaparecer da minha vida. Ele obedeceu e desceu correndo as escadas. Logo em seguida minha mãe apareceu e desabei em seu colo. Meu mundo estava perdido.

— “Eu não posso viver sem minha vida. Não posso viver sem minha alma.”

Agora eu sei o que Heathcliff sentiu quando Catherine se casou com outro. Perder o amor de sua vida é espetar o dedo do pé em um prego enferrujado e apertar bem forte até atravessar a unha. É uma dor lancinante.

Capítulo 19

Segredos revelados

Look do dia: pijama lilás comprido, meias coloridas, cabelo desarrumado e cara amassada de choro.

O que uma garota pode fazer quando não consegue admitir que ama o vizinho e está completamente perdida? Escrever um livro e contar sua história para outras garotas. Só podia ser ideia da minha mãe, é claro. Mas confesso que achei muito interessante e já faz quatro dias que não saio da frente do computador. Meus pulsos estão latejando e meu coração não para de doer, mas eu não estou nem aí. Eu preciso colocar tudo que estou sentindo no papel e a única forma de fazer isso é contando a minha história. Você deve se lembrar de que comecei esse livro revoltada com um garoto que mexeu muito com a minha cabeça. Então, o mesmo César Rodolfo agora resolveu se fechar em seu casulo e nunca mais olhar na minha cara. Já tentei contato diversas vezes, mas ele simplesmente fecha a cortina e apaga a luz. É por isso que eu não me sinto segura em relação aos seus sentimentos, como no dia do primeiro beijo. Ele tem mania de fugir nos momentos mais críticos e isso me deixa profundamente magoada e irritada.

Por isso que eu não sei o que fazer. Amanda está esquisita comigo desde o dia da conversa pelo Skype, mas pelo menos me garantiu que viria ao meu aniversário. Acho que, com o tempo, iremos resgatar o nosso amor de amiga. É impressionante como um garoto pode arruinar uma amizade de anos.

Ou uma amiga pode arruinar um amor para sempre. — Marina

Ei! Eu não escrevi isso. A Marina se aproveitou do momento em que fui ao banheiro para fuxicar meu livro. Mamãe tem uma paixão tão grande por essa garota que nem me avisa que ela está aqui, já vai logo mandando subir. Vou te contar, minha mãe às vezes perde a noção das coisas. Onde foi parar a minha privacidade? Liberdade zero para Heloisa. — Helô

Marina veio aqui em casa de manhã cedo, no dia do meu aniversário, me amolar com ideias de que Amanda não é tão santa quanto parece e que eu não devo desistir do César por causa dela. Eu não me aguentei e disse boas verdades para ela.

— Quem é você para falar mal de alguém? Eu sei que você já me explicou, mas eu não engoli aquela história de que você agarrou o meu ex-namorado só para me mostrar a verdade! Que jeito mais idiota de ser sincera com a amiga. Vou te contar, se depender da amizade de vocês duas, eu estou frita.

Ela me encarou com impaciência e tédio no olhar. Aquilo me deixou com muita raiva. Eu não pedi por seus conselhos e não sou obrigada a ser sua amiga, ainda mais agora que a minha amizade com Amanda estava bem complicada.

— Helô, eu sei que errei e também tenho culpa. Eu fiz uma coisa péssima porque não tive coragem de te contar, mas fiz. Fiquei com ele e confesso que acabei gostando. Gostaria muito que você me perdoasse e confiasse em mim novamente.

— Impossível confiar em uma amiga traidora, não é mesmo? Ô Marina, até outro dia você estava disputando o Gabriel comigo na escola. Você se esqueceu disso?

— Eu sei, mas mudei de ideia e fiz de tudo para consertar meu erro. Eu tentei juntar você e o César a todo custo e não vou desistir até conseguir.

— Sério? Você precisa se tratar. Como uma pessoa implica comigo o tempo todo no colégio por causa de um garoto ridículo e agora está fazendo de tudo para conseguir um minuto da minha atenção? Marina você é patética — ela olhou para o chão, respirou fundo e me passou o seu celular.

— Pra quê eu vou querer ler as suas mensagens de texto com Gabriel, Marina? — Revirei os olhos. — Eu, hein! Você está cada vez mais maluca e descontrolada. Sério!

Só que de repente meus olhos se fixaram em uma mensagem esquisita com um conteúdo muito ameaçador. Ó meu Deus! Gabriel é o garoto mais canalha que eu conheço. Ele chantageou a Marina.

Gabriel
Gatinha, você já sabe o esquema. É só fingir que gosta de mim para a Helô que eu não conto para a escola inteira que vi a sua mãe bêbada e jogada no meio da rua. Ela precisa sentir ciúmes de mim!

Marina
Você não pode fazer isso comigo. Você sabe que eu adoro a Helô e ela já está supermagoada comigo por conta da minha ideia de jerico de tentar acabar com o namoro de vocês da pior maneira.

Gabriel
Aquilo foi ridículo. E é exatamente por isso que eu estou de olho em você. Seus beijos são gostosos, mas me beijar na frente da Helô só para atrapalhar nosso lance foi golpe baixo. Antes tivesse me seduzido em um lugar mais reservado. Hehehe

Marina
Garoto você é podre. Eu te odeio.

Gabriel
Pode me odiar o quanto quiser, mas vai fazer o que eu estou mandando, senão já sabe. Sua mamãezinha alcoólatra vai aparecer no Facebook como a bêbada da cidade e eu sei que você não quer isso, não é?

Marina
Por que você está fazendo isso comigo? ☹

Gabriel
Porque você resolveu me agarrar e mostrar um monte de mentiras para a Helô. Eu não sou safado coisa nenhuma. Sou fiel, mas você me seduziu e eu cometi um deslize. Agora faça o que estou mandando. Provoque-a na escola. Eu conheço a minha garota, ela não pode ver outra galinha ciscando em seu galinheiro que fica toda nervosa e parte para o ataque.

Olhei para Marina que chorava um pranto silencioso. Corri e a abracei bem forte. Ela não merecia ser chantageada daquela forma. Ainda mais quando não teve culpa de nada. Gabriel é um galinha! Depois que terminei com ele descobri vários de seus casos e apesar de ter sofrido muito por ter visto Marina com ele, agora sou incapaz de culpá-la por algo. Eu sabia há algum tempo que a mãe da Marina tinha sido internada umas duas vezes por conta do excesso de álcool, mas nunca me envolvi nos assuntos dela, por não saber o que fazer. Amanda sempre a ajudava nessas horas de crise. Marina chorava noites e noites e eu não conseguia consolá-la.

— Eu sou uma péssima amiga. Você estava passando por tudo isso e eu te fazendo sofrer mais ainda. Não sabia que ele estava fazendo isso com você.

— Deixa para lá. Agora eu só quero te ver feliz para voltar a costurar roupas lindas para mim. Adoro posar para a minha costureira favorita.

— Own, Marina! Que saudades! — Eu a abracei mais forte do que a primeira vez e fiz carinho em suas costas.

Só neste momento percebi que uma amizade vale mais do que mil garotos. Eu posso viver sem namorado, mas não posso viver sem meus amigos. Quem tem amigos tem tudo! Eu tinha que dar um jeito de desmascarar aquele safado. — Amiga, nós temos que fazer alguma coisa. O Gabriel tem que parar de te perturbar.

— Helô, acho melhor deixar isso para lá. Eu quero que ele me deixei em paz, mas tenho medo. Não quero ver minha mãe exposta na internet.

— Eu tenho um plano e vou precisar da sua ajuda — sorri para ela e estendi a mão. Não tinha pensado em nada, mas teria a noite toda para fazer isso antes do meu aniversário. — Pode contar comigo, minha querida. Se depender de mim esse garoto nunca mais vai olhar para você. Ele vai te deixar em paz por bem ou por mal. Digamos que por bem, mas de uma maneira maligna — gargalhamos juntas e eu fiz minha risada de Rainha de Copas.

— Urra! Gabriel, os seus dias estão contados!

O dia estava só começando, mas a noite prometia. Eu escrevi todas as ideias para acabar com o Gabriel no papel e risquei as mais mirabolantes. Pensei em jogar uma gosma com coco e xixi na sua cabeça, mas eu não teria coragem de fazer algo tão nojento. Deixá-lo nu na frente de todas as garotas seria um presente e não um castigo. Hoje em dia os garotos adoram aparecer na internet. Eu precisava de algo mais impactante.

Bingo! É isso! Tive a melhor ideia do mundo para fazer com que o Gabriel aprenda a tratar melhor as mulheres! No dia seguinte era o dia do meu aniversário e a festa vai bombar! Assim como o meu plano que será executado quando todo mundo estiver se divertindo. A galera vai passar meses falando do dia em que Heloisa Martinez e Marina França se juntaram para acabar com Gabriel de Oliveira Pinto. — MuahahaMuahahaMuahaha — dei uma risada maléfica.

Capítulo 20

O plano da rainha

Look do dia: vestido com corpete vermelho, mangas amarelas bufantes e saia rodada e bordada com a carta da Rainha de Copas. Scarpin preto, coque com alguns fios soltos e coroa dourada no cabelo. Yes! Eu sou a Rainha de Copas, baby!

— Helô, posso entrar?

Fiquei surpresa ao ver Amanda entrar no meu quarto com a cara toda amassada e de pijama. Tudo bem que a festa era à fantasia, mas vestir um pijama qualquer era demais. Eu a encarei por um tempo de boca aberta, até que ela desabou em minha cama e não parou de chorar.

Senti uma mistura de sentimentos bons com esquisitos e por fim decidi abraçá-la e perguntar o que estava acontecendo, mesmo já sabendo o que era. Nossa amizade era muito forte e não poderíamos ficar muito tempo brigando por um garoto que não valia a pena.

Ah, vale sim! — Marina

É impressionante a capacidade da Marina de se intrometer no meu livro, aliás, em toda a minha vida. Eu sei que já fizemos as pazes, mas fuxicar

o livro das outras quando já está pronto é um absurdo! Daqui a pouco ela está dando spoilers para os meus leitores e eu, como sou distraída, vou deixar ir para a gráfica sem nem notar algo de diferente. — Helô

— Helô — chamou com uma voz fraquinha carregada de emoção —, primeiro queria te desejar um feliz aniversário do fundo do meu coração. Espero que sua noite seja mágica. Segundo, eu não posso mais viver sem você e não quero mais atrapalhar seu relacionamento com o César. Eu fiz tudo errado e agora estou sofrendo muito.

Segurei suas mãos e olhei fundo em seus olhos.

— Amanda, eu te amo muito e também sofri muito quando descobri que tinha me apaixonado novamente pelo César. Não vou dizer que gostei das coisas que você fez, mas consigo compreender. Quando a gente ama muito alguém acabamos perdendo a cabeça e nos esquecendo dos princípios da amizade.

— Falar a verdade acima de tudo e não esconder nada de sua melhor amiga. Ela é a única que pode te apoiar nos momentos mais difíceis — repetimos juntas um lema que havíamos criado quando tivemos a nossa primeira briga por conta de uma caneta roxa que ganhei e não queria emprestar para ela. Inventei uma desculpa dizendo que a caneta era herança da minha avó só para ela querer usar. A minha mentira não durou por muito tempo e quando ela descobriu fizemos o lema da amizade para não nos magoarmos mais.

A sua mãe também te apoia nos momentos mais difíceis, ouviu mocinha? — Mãe da Helô

Ai, ai, ai! Minha mãe continua dando os seus pitacos. Eu mereço! Não posso nem escrever em paz que todo mundo quer se intrometer. Assim fica difícil levar a sério a cena complicada que tive com Amanda. — Helô

Complicada nada. Ouvi vocês rindo à beça 30 minutos depois do choro e ainda dançaram juntas o tempo todo na sua festa. — Mãe da Helô

Mãeeeeeeeeee! Não se meta nos meus assuntos! Que saco! Será que nem um livro eu posso escrever em paz? . — Helô

(Voltando...)

— Ai, Amanda! Eu te adoro tanto amiga, mas que roupa é essa que você arrumou para a festa? — Perguntei tentando aliviar o clima. Deu certo, ela sorriu para mim e entrou na brincadeira.

— Ué, a fantasia era livre. Eu escolhi me vestir de dorminhoca, posso?

— Não mesmo! Ainda bem que eu sou uma pessoa generosa e ajustei uma fantasia de Alice que tenho desde pequena. Como você é baixinha e magra, tenho certeza que vai servir.

— Opa, baixinha também não! — Sorriu. — Estou brincando! Serei a Alice oriental mais bonita da festa!

— Iuhuuuu! Então, vá lavar esse rosto e se arrume para a gente descer.

— Antes, precisamos de sua ajuda no nosso plano para desmascarar o Gabriel — disse Marina invadindo meu quarto com asas, vestido, meias e luvas verdes. Era a Sininho em pessoa. Peter Pan ficaria todo orgulhoso. Bom, isso se ele for mesmo um garoto legal. Depois de assistir o seriado *Once Upon a Time* mudei todos os meus conceitos sobre os contos de fada.

— Oba! Garotas unidas jamais serão vencidas!

— É isso aí meninas! "Só estou ligado àqueles a quem me dou. Só estou ligado àqueles a quem me uno." — filosofei e encarei a parede pensativa. Apesar de tudo, eu amava as minhas amigas e era feliz por ser amada por elas.

— Uau! Heloisa agora está decorando até trechos do livro *O Pequeno Príncipe*! Socorro! Um E.T. abduziu a minha amiga! — Amanda gritou e gargalhou, enquanto eu jogava uma chuva de bichinhos de pelúcia nela.

— Meninas, é hora de descer! Os convidados já estão chegando e vocês não querem ficar neste quarto para sempre, não é mesmo? — Disse mamãe rodopiando seu vestido, toda feliz e saltitante. Adoro ver dona Martinez feliz! Eu amo minha mãe!

Eu também te amo, filhinha! – Mãe da Helô

Mãe, eu não vou mais te amar se você ficar comentando o meu livro! Que saco! — Helô

Assim que desci as escadas percebi que Gabriel conversava com uma garota que nunca vi mais gorda. Odeio penetras, mas não tenho como evitá-los. Se pudesse faria um robô antipessoas indesejadas, mas não tenho essa habilidade, então fingi que não o vi e sorri para os convidados como uma verdadeira rainha.

Marina piscou para mim e foi executar o plano, enquanto Amanda fingia conversar com a galera da turma.

Gabriel correu para os meus braços quando me viu e me encheu de beijos nojentos. Eu não sentia mais nada por ele e cada beijo era uma tortura. Eca! Como pude me envolver com um garoto tão baixo? Nem eu sei! Mentira, eu sei muito bem que a minha mania de só ver beleza me atrapalhou muito nesses anos, mas fazer o que? Existem fases e fases. E agora eu teria a chance de consertar as burrices que fiz e ajudar minha amiga.

Certo! Vocês devem estar morrendo de curiosidade para saber qual é o grande plano que vai acabar de vez com a cara de pau do Gabriel. Chegou a hora de saber tudo nos mínimos detalhes, mas antes eu preciso contar que quase fiquei sem ar ao ver o César invadir minha festa com uma fantasia linda que realçava seus recém-conquistados músculos e seus olhos. Ele estava vestido de Chapeleiro Maluco. Juro por tudo que é mais sagrado que ele conseguiu se vestir de um personagem cômico e ficar interessante. Tipo uma mistura de Johnny Depp com Sheldon Cooper — nossa, acho que exagerei na mistura. Ah, deixa pra lá. Ele estava lindo!

Olhei para ele sem saber o que fazer e ele desviou o olhar caminhando apressadamente na direção da minha mãe. Aqueles dois juntos indicava um desastre iminente. Mas neste momento eu estava mais preocupada em livrar a Marina das garras do Gabriel do que fazer com que meu coração parasse de bater desesperadamente por um garoto tão... tão insuportavelmente apaixonante.

— Céus, como eu amo o César Rodolfo! Foco Heloisa. Foco! — Gritei como uma histérica, mas dei sorte de a música alta encobrir meu desabafo.

— Helô? Está tudo bem com você? Parece que viu um fantasma — perguntou Amanda. — Ah, já sei. Viu César entrar de Chapeleiro Maluco e ficou branca que nem uma vela. Amiga, agora eu sei o quanto você gosta dele e me sinto muito mal por ter te atrapalhado.

— Amanda, agora não é hora para lamentar o passado e nem relembrar de um amor que não existe, ok? Foco na Marina! Foco.

— Será que não existe mesmo? Ou continua no mesmo lugar desde sempre.

— Ai, amiga você sabe ser inconveniente às vezes, hein! Anda logo, vá ligar aquele telão que eu vou gravar a conversa toda com a minha câmera ultra, mega, power do celular.

— Será que essa ideia de fazer uma Twitcam vai funcionar? — Perguntou Marina mais nervosa do que uma mãe em trabalho de parto.

— Claro que vai! Eu garanto os meus dotes tecnológicos — disse Amanda se sentindo a garota mais inteligente do grupo, o que provavelmente era verdade. Eu posso ter aprendido português, mas aprender matemática e física ao mesmo tempo e ainda ser a melhor da turma são outros quinhentos. Brincadeirinha, eu não sou tão tapada assim, mas também não sou nenhum Albert Einstein de saias.

Capítulo 21

O golpe fatal

Look do dia: fantasia de Rainha de Copas com a capa vermelha que arrumei especialmente para este momento.

Tudo aconteceu tão rápido que não deu nem tempo de respirar. Marina se aproximou de Gabriel enquanto eu fingia conversar com uma amiga da escola. Amanda foi para o jardim da minha casa e se escondeu atrás de um arbusto ridículo que eu detesto, mas que veio a calhar. Depois tenho que agradecer à mamãe por cuidar tão bem dele. Se não fosse ele, Amanda teria sido descoberta.

Vi quando Gabriel segurou as mãos de Marina com força e perguntou se ela já tinha feito o que ele havia pedido. Ela disse que sim e eu entrei em cena fingindo estar apaixonada de novo por ele. Até aí foi fácil, mas depois o nervosismo bateu e eu quase botei tudo a perder quando vi o César me encarando. Ele não parava de me olhar e aquilo estava me deixando agoniada, mas me controlei e continuei flertando com Gabriel até que Marina foi para a fase dois do plano e eu saí de perto dele para ir até a cozinha pedir para servirem mais refrigerantes. Eu sei que foi uma desculpa ridícula, mas foi a única coisa que consegui pensar para sair de perto e ir até o computador ligado ao telão de fotos.

Esperei Marina se afastar com Gabriel e abri o meu Twitter no telão. A galera não tinha percebido até alguém comentar que havia algo estranho no ar. Amanda me enviou o link da Twitcam pelo WhastApp e eu aumentei a imagem para todos verem. Era agora ou nunca. Tinha que dar certo, senão estaríamos muito ferradas.

— Marina, Marina, eu já te disse que não quero mais ficar com você. Só tenho olhos para Helô. Pare de correr atrás de mim.

Marina olhou para o arbusto nervosa e continuou.

— Eu sei que você quer me beijar.

— Querer eu quero muito mesmo, mas não posso.

— Por que não?

Ele fitou o chão pensativo e depois mudou de ideia. Sabia!

— Quer saber, acho que uns beijos não vão fazer mal. Ainda mais depois de tudo que você fez por mim. Eu gosto de garotas que fazem tudo o que eu mando sem questionar nada e você é uma delas. Você é minha cachorrinha preferida.

Nesta hora algumas garotas gritaram indignadas, mas se calaram ao perceberem que poderiam acabar com o show. Marina engoliu a seco, mas continuou com o plano. Não deve ser fácil ser humilhada assim na frente de toda a escola, mas ela estava disposta a desmascarar aquele imprestável. Custasse o que custasse.

— Não sei por que você ainda corre atrás da sonsa da Helô quando tem a mim.

— Hum, estou gostando de ver, hein! Deixou aquela rebeldia toda por conta da mamãe bêbada e está se tornando uma ótima companheira. Mas, não docinho, eu gosto das virgens inocentes e você está longe disso. Eu quero aquela garota. Simples assim.

— Gabriel! Você não pode falar assim da minha mãe e eu quero aquelas fotos de volta — gritou desesperada e a um fio de botar tudo a perder. A câmera até tremeu um pouco, imaginei Amanda se controlando para não voar no pescoço dele e quebrar aquela cara de pau de uma só vez.

— Nunca! Eu gosto de te ver nervosa, eu gosto de ter você em minhas mãos. Não posso liberar uma súdita tão boa quanto você. E sua mãe, bem, ela é uma imprestável que só sabe encher a cara em todos os bares da cidade.

Marina colocou a mão no rosto e começou a chorar, mas nem assim ele a consolou.

— Pare de chorar! Eu não vou parar de te chantagear só por causa de umas lágrimas de crocodilo. Quem mandou contar para a Helô que eu traía ela? Agora aguente as consequências. Faça o que eu mando e tudo ficará bem.

Amanda não aguentou e saiu com tudo do arbusto, pronta para quebrar todos os dentes do Gabriel. Marina a segurou a tempo e ele fugiu assim que viu uma multidão de adolescentes revoltados correrem atrás dele. Até eu fui atrás dele, mas senti uma mão pesada me segurar e fiquei sem reação ao ver César me encarando com uma expressão sem sentido. Consegui me desvencilhar dele e levei Marina para a cozinha. Ela estava tremendo de nervoso, mas seu sorriso denunciava o alívio que estava sentindo por não ter de aguentar mais as chantagens de Gabriel.

— Meninas, deu tudo certo! Iuhuuu! — Gritei animada, enquanto Marina sorria sem graça e Amanda arfava de raiva.

— Ah, vocês tinham que ter me deixado socar aquela cara. Eu o deixaria roxo em apenas alguns segundos. Luto boxe e karatê desde pequena, ele ia aprender a nunca mais destratar uma garota.

— Eu sei Amanda, mas ainda bem que você não fez nada. Ele é maluco e sabe-se lá o que é capaz de fazer.

Mas que foi engraçado vê-lo correndo da galera com o rabo entre as pernas, ah isso foi.

— Inesquecível — disse Marina, bem baixinho.

Ela ficou muito abalada com o que ele falou sobre ela e sua mãe. Também não era para menos. Ela sabia que a mãe tinha problemas e tentava ajudá-la o tempo todo, mas era difícil convencer a mãe a parar de beber. Entretanto, ela havia diminuído a quantidade de bebida depois do vexame no bar, que resultou nas fotos amaldiçoadas de Gabriel. Nunca é tarde para mudar, mas é difícil fazer isso quando se tem um pirralho ameaçando sua filha por causa de um erro que você cometeu. Ui! Falei igual mamãe agora. Os desatentos vão dizer que foi ela que me fez escrever esta frase, mas eu preciso confessar que amadureci muito com esta história. Existem momentos na vida em que você precisa andar e eu fiz isso, mas faltava o final feliz para a minha história ficar completa. Só que o César não estava com cara de quem me daria o gostinho de terminar este livro com um beijo apaixonado.

Assim que voltamos para a festa o encontrei conversando com umas garotas e o meu primeiro impulso foi avançar para cima delas e arrancar seus braços e pernas. Mas Amanda me segurou e me levou para a pista de dança. Estava tocando a nossa música! A música que selava a nossa amizade.

Capítulo 22

Melhores amigas

Look do dia: vestido de Rainha de Copas sem a capa, cabelo solto e maquiagem retocada. Não posso ficar sem o meu batom vermelho vibrante, não é?

Músicas são mágicas e têm o poder de espantar males e unir pessoas. Eu sempre seria amiga daquelas duas. Mesmo com intrigas, confusões, erros e acertos. Elas eram as minhas melhores amigas. Marina me enganou durante meses e me fez acreditar que era uma vilã de primeira categoria, enquanto sofria com as ameaças de Gabriel.

Amanda sempre foi um doce, mas se apaixonou pelo garoto errado ou talvez o certo se não fosse essa paixão louca que eu e o César sentíamos um pelo outro. Às vezes eu acho que o meu amor pelo meu vizinho é doentio, outras vezes eu lembro que sou adolescente e tenho mania de transformar algo minúsculo em um gigante de sete cabeças.

O importante é que eu amo minhas amigas e tentei demonstrar isso cantando e dançando a todo vapor a música *I'll Be There for You* do seriado *Friends*. A música é antiga, mas significa muito para mim. Eu sou louca pelo seriado e prezo muito pelas minhas amizades. OMG! Eu amo minhas amigas mais do que tudo nesse mundo. Bom, eu também amo costura, amo ler e também amo meus pais. Tá, eu as amo muito, isso é que importa.

Eu sou uma menina de sorte, tenho milhares de amores, mas não tenho o meu amor por perto. Que ironia! Pelo menos eu tinha minhas melhores amigas para sempre.

Toda festa em que íamos dávamos um jeito de pedir ao DJ para tocar a nossa música e dançávamos como loucas na pista. No meu aniversário não foi diferente. Cantamos a música como se o dia fosse acabar e gritamos mais ainda no refrão.

I'll be there for you
(When the rain starts to pour)
I'll be there for you
(Like I've been there before)
I'll be there for you
('Cause you're there for me too)

Como era mágico ter o privilégio de ter amigas que não poupavam a aniversariante na hora da dança e desmanchavam o seu cabelo sem piedade. Elas me abraçaram tanto que fiquei pior do que Maria Betânia sem shampoo e creme por três dias.

— Feliz aniversário, Heloisa! Nós amamos você! — Gritaram e me esmagaram com o abraço de urso.

— Eu também amo vocês duas!

— Meninas, eu preciso confessar que tive medo de perder vocês e estava até pensando em sair da escola. Eu não suportava mais ter de fingir algo e fazer coisas que ele me mandava fazer. Ser chantageada é horrível.

— Eu sei amiga, venha aqui — apertei Marina bem forte e Amanda acariciou suas mãos com carinho.

Eu me lembro como se fosse ontem o dia em que eu e Amanda nos conhecemos. Não foi um momento muito divertido, aliás, não foi nada legal, mas da tragédia surgiu uma grande amizade. Eu tinha acabado de aprender a andar de bicicleta com o César...

Pausa para reflexão e força! Estou parecendo professora de yoga, mas é impossível não ficar nervosa quando se está feliz. Eu sei que não deveria ficar pensando nele o tempo inteiro, mas era inevitável. Ele fez parte da minha infância e não tem como eliminá-lo do roteiro da minha vida de um dia para o outro. Meu coração está mais para um seriado que não termina nunca. Enfim, voltando ao dia em que conheci Amanda.

Respira, Respira, Respira! Foco Heloisa, César Rodolfo é passado!

Ai minha Santa Maria! Como você é exagerada, minha filha! Se já sabe como vai terminar a história por que fazer tanto suspense, por quê? Que chatice! Vou voltar a ler o meu romance de banca que está mais interessante do que essa novela mexicana. — Mãe da Helô

Ignorem o comentário TOTALMENTE sem noção e ridículo da minha mãe. Eu tenho que contar a vocês tudo o que eu senti, tudo o que passei, senão qual é a graça? Se eu soltar algum spoiler é capaz de ser ameaçada de morte pelo Facebook. E o meu final é muito mais do que um simples final feliz. Aliás, tem um pingo de felicidade e uma cachoeira de problemas. — Helô

Ai, Helô como você é exagerada! SOCORRO, leitores! — Marina

Até quando eu vou ter que aguentar essas duas se intrometendo no meu livro só porque me esqueci de desligar o computador, quando me distraí vendo uma foto do César.

Bom, continuando, desde o começinho desta história maluca...

Eu estava treinando andar de bicicleta sozinha para mostrar ao César que eu tinha aprendido direitinho, mas não queria ir até a esquina e voltar. Eu queria dar a volta no quarteirão e se possível empinar a bicicleta na frente de sua casa no momento em que ele tivesse terminando a aula de violão. Seria o momento perfeito para mostrar a ele que eu tinha crescido e já era uma menina que sabia andar de bicicleta como uma "criança profissional". Eu era um pouco exagerada na infância, mas César era o meu melhor amigo e eu gostava de impressioná-lo. Quanto mais shows eu fazia, mais ele me aplaudia.

Acordei cedo durante uma semana para treinar as manobras na bicicleta no quintal de casa antes de ir para a escola. Caí algumas vezes, mas nada que um remédio não resolvesse. O que eu não contava era com uma chuva torrencial justamente no dia que tinha escolhido para surpreendê-lo. Mesmo assim, continuei com o meu plano e me equipei com capacete, cotoveleira e joelheira para não me machucar muito, caso algo desse errado. Coisa que eu tinha certeza que não ia acontecer. Eu treinei muito e estava segura. Nada podia dar errado, mas às vezes o destino nos prega peças e os obstáculos que um dia me fizeram cair, hoje me levantam o tempo todo.

Chamei o César no portão, esperei que olhasse, sorri e subi na bicicleta. Pedalei o mais rápido possível e não reparei que uma menina vinha na direção contrária encharcada de chuva. Fiz a curva e derrapei em cima dela, quando vi estávamos estateladas no chão com pânico na cara e vários cortes pelo corpo. César desceu correndo e gritou por ajuda. Eu estava com muita dor e não falei muita coisa. Só me lembro de ter balbuciado algumas ofensas à garota.

— Essa metida tinha que aparecer logo na hora mais perfeita do meu dia!

Eu pensei que ela não fosse ouvir, mas Amanda não deixou barato o meu resmungo.

— Metida é você que atropela os outros na rua só para aparecer para o namoradinho.

— Ele não é o meu namorado. Somos apenas amigos. E o que você está fazendo aqui? Essa rua é privada.

— Não é nada. Minha mãe veio deixar umas roupas na casa da dona Naná, no final da rua, e eu deveria ter ficado no carro esperando, mas começou a chover e fiquei com medo. Vim atrás dela e você apareceu para estragar o meu dia.

— Você é uma anta. Se eu não estivesse toda dolorida enchia a sua cara de lama.

Ela me olhou com raiva, mas me ignorou quando ouviu sua mãe gritar seu nome desesperada. Uma japonesa alta, de pele bem branca e elegante estava histérica dentro do carro chamando pela filha.

Ela foi embora e eu fiquei com o braço imóvel e muita dor de cabeça, enquanto César fazia cafuné e me contava histórias engraçadas para esperar mamãe tirar o carro da garagem e nos levar para o hospital.

Levei cinco pontos na testa e fiquei 20 dias com gesso no braço. Foi uma aventura e tanto, mas eu nunca mais esqueci aquela menina oriental. Ela tinha algo diferente que me deixou intrigada, mesmo com oito anos de idade. E qual foi a minha surpresa ao descobrir que ela seria minha colega de turma no 4º ano.

No começo ela não me reconheceu, mas eu nunca havia me esquecido daquele olhar puxadinho. Desde então nunca mais nos separamos e sempre prometemos contar nossos segredos umas às outras. Só não tive coragem de contar do incidente do Cheetos com César. Isso era algo que escondi a sete chaves durante anos e pretendia manter escondido se não fosse mamãe interferindo na minha vida com essas aulas extras de português em casa e a Marina enxerida fuçando no meu diário e ligando os pontos da tarde no parque — reencontrei a Marina quando ela trocou de turma no 8º ano e foi amizade à primeira vista. Fiquei tão encantada com o seu jeito espontâneo que nem me lembrei que ela era a garotinha que me socorreu no dia do trágico beijo no parque.

O importante é que eu tenho as melhores amigas do mundo e, apesar de tudo que passamos neste ano, eu não me arrependo de nada que fiz. Marina me magoou, Amanda traiu minha confiança e eu a dela. Fiquei muito mal, mas nossa amizade não foi construída de um dia para o outro e eu sei que as pessoas erram. Não sou nenhuma santa, porém amo muito essas meninas e não sei viver sem elas. Perdoei todos os erros, elas perdoaram os meus e hoje estou curtindo o meu aniversário com as melhores garotas do mundo.

Para completar, o César podia entrar por aquela porta, me pegar nos braços e me beijar como no final dos filmes românticos. Mas como eu sei que meu filme está mais para uma tragédia Shakesperiana, não vou esperar nada de bom porque sei que garotas como eu não merecem finais felizes.

De novo exagerando! Onde você aprendeu a falar em Shakespeare? Meu Deus, minha filhinha finalmente aprendeu a ler! Que orgulho da minha menininha. — Mãe da Helô

NÃO VOU COMENTAR. NÃO VOU COMENTAR. NÃO VOU COMENTAR. — Helô

Capítulo 23

Presente de aniversário

Look do dia: o mesmo vestido da festa, só que com um casaco de veludo preto para espantar o frio.

Depois de dançarmos até não podermos mais, eu fui até a cozinha pegar um pouco de gelo para refrescar. Eu sou uma garota quente! Quando estava voltando ouvi um tumulto vindo da pista de dança e corri para ver se Gabriel tinha voltado para se vingar de Marina.

Eu só não esperava dar de cara com César parado no centro da pista segurando um bolo enorme na mão com todos em volta ansiosos pela minha reação histérica. Fiquei sem ar ao encarar aqueles olhos fixos em minha boca. Esqueci que minha mãe gritava empolgada, Marina e Amanda vibravam com o clichê "com quem será" e a galera toda cantava parabéns para mim. Eu e César estávamos em outra dimensão. Marina beijou Amanda no rosto e deu a entender que era para eu imitá-la.

Ah, mas eu não ia beijá-lo na frente de todo mundo mesmo. Nem morta! Eu até estava gostando um pouco dele, tá, gostando muitoooo dele, tá, EU ESTAVA COMPLETAMENTE APAIXONADA POR ELE. Melhor assim, consciência?

Mas fazer ceninha para a escola inteira assistir e ficar fofocando sobre isso o mês inteiro, sem chances. Olhei para as minhas amigas, olhei para a minha mãe que não conseguia conter os pulinhos de alegria e para o meu pai que parecia surpreso e feliz ao mesmo tempo. Vai entender. Respirei fundo e balancei a cabeça em negativa.

Eu precisava sair dali o mais rápido possível, só que o César pegou o microfone do DJ e começou a falar algo que invadiu meus ouvidos e paralisou minhas pernas. Não seria só mais uma declaração de amor ou uma música qualquer de um cara apaixonado. Era um texto tão bonito e as palavras faziam tanto sentido que dei um passo à frente e o escutei sem pressa.

— "Já não sei dizer se ainda sei sentir. O meu coração já não me pertence, já não quer mais me obedecer! Parece agora estar tão cansado quanto eu. Até pensei que era mais por não saber que ainda sou capaz de acreditar. Eu me sinto tão só e dizem que a solidão até que me cai bem. Às vezes faço planos, às vezes quero ir para algum país distante e voltar a ser feliz! Já não sei dizer o que aconteceu, se tudo que sonhei foi mesmo um sonho meu. Se meu desejo então já se realizou o que fazer depois, pra onde é que eu vou?"

De repente me pareceu tão certo estar ali que me permiti segurar as mãos dele e acariciar seus dedos, assim como fazíamos quando eu tinha medo de trovões e raios. Ele continuou falando e a plateia foi ao delírio quando ele chorou ao dizer o último trecho.

— "Eu te ensino a nadar, juro! Mas você tem que me prometer que vai tentar, que vai se esforçar, que vai remar enquanto for preciso, enquanto tiver forças! Você tem que me prometer que essa viagem não vai ser à toa, que vale a pena. Que por você vale a pena. Que por nós vale a pena." Caio Fernando Abreu, você é o cara! — disse e correu para a cabine do DJ.

A plateia compreendeu e se dispersou, mas Amanda e Marina me empurram para o meio da pista e eu fiquei com cara de pateta sem saber o que fazer e ainda embasbacada com as lindas palavras deste autor. Mais um para a minha coleção de escritores nacionais de sucesso.

César pegou seu violão, sentou-se em um banquinho pequeno, respirou fundo e começou a tocar *Lucky* do Jason Mars.

Ah, não! Essa música não! Ele estava me provocando porque sabe que é a única música que eu sei de cor. Quando a ouvi pela primeira vez, fiquei tão apaixonada que passei dias treinando em frente ao espelho para cantar direito nas festas.

Eu não falava com ele, mas o via me espionando quando eu esquecia a janela aberta. Um dia até tentou fazer graça e tocou a melodia para que eu cantasse a música, mas eu cortei a dele e fechei a janela.

Só que agora todos estavam olhando — ou pelo menos fingindo que estavam comendo salgadinho — enquanto ficavam de butuca na fofoca do ano. Eu não posso fazer feio na frente de todos os meus amigos e sei que ele vai deixar uma brecha para eu cantar. Que ódio do César!

Olhei para ele e quando vi aquele sorriso maroto não consegui me controlar e cantei as partes da Colbie Caillat como se o mundo fosse acabar. Cantei com o coração, cantei com amor, cantei com esperança. Cantei para ele, cantei para mim. Cantei para a sorte batendo em nossa porta e nos trazendo de volta aquilo que perdemos há alguns anos.

Quando terminou a música ele me encarou e me pediu permissão para fazer o que todos os casais apaixonados fazem quando se reconciliam. A cereja do bolo estava para vir e eu ansiava por isso, como Cathy pelo primeiro beijo de Heathcliff, como Lizzie Bennet pela primeira noite com Darcy, como Julieta por um casamento feliz com Romeu.

Minhas pernas tremiam mais do que bambu verde, minha mão estava gelada e molhada, meus olhos úmidos e minhas bochechas vermelhas. Era a hora do momento feliz, do final perfeito das novelas, do encontro tão desejado de Ross e Rachel de *Friends*. Ele segurou minha cabeça com carinho e disse em meu ouvido.

— Helô, eu te amo muito e quero ficar com você. Por favor, me dê uma chance de te provar que eu sou o cara perfeito para você e que tenho tudo para te fazer feliz.

— Vamos com calma, né, César Rodolfo, nós estamos namorando, não casando — zombei nervosa. Diante de tanta declaração de amor, não duvidava nada que ele me pedisse em casamento.

— Minha senhora não deixa passar uma, não é?! Quer dizer que estamos namorando? — perguntou feliz.

— Isso vai depender se você vai me dar logo aquele beijo de novela ou vai ficar enrolando — revirei os olhos e esperei.

Ele respirou fundo e me beijou. Vi estrelas, borboletas, passarinhos, baleias, jacarés, dragões, chimpanzés. Vi todo o reino animal e mais um pouco. Que beijo! Que boca! Que amor! Giramos nossas línguas em sincronia e babamos no mesmo ritmo (Hahahaha. Brincadeira, mas eu não podia deixar esse momento meloso demais). Mesmo com tanto sentimento pude perceber uma onda de tristeza em seus olhos e me afastei.

— O que aconteceu? Não está feliz?

— Claro que estou, é só que... — olhou para o lado, abaixou a cabeça e chorou. — Droga! Mas que droga! Logo agora, logo agora!

— César Rodolfo, me diz agora o que está acontecendo!

— Eu vou... — engoliu o choro. — Vou viajar amanhã para os Estados Unidos e ficarei lá por quatro meses fazendo intercâmbio em uma loja de departamentos em Miami.

Minha boca se escancarou e o meu primeiro impulso foi de quebrar a cara dele, mas o máximo que consegui foi dar socos em seu peito, que até que estava torneado para quem sempre foi magrelo.

— Eu não acredito que você vai me abandonar de novo! De novo! O que é? Meu beijo é tão ruim assim? Toda vez que nos beijamos você sai correndo?! — Gritei histérica.

Amanda tentou se aproximar, mas eu a empurrei. — Saia daqui!

— Helô, eu estou planejando essa viagem desde o início do ano, mas quando comecei a dar aulas para você mudei de ideia e até tinha desistido de tudo. Só que... — passou a mão na cabeça. — Você não queria mais saber de mim e eu resolvi tentar a vida lá fora. Pensei que se ficasse longe conseguiria te esquecer, mas Amanda e Marina me fizeram ver que eu não posso abandonar um grande amor só por causa de um obstáculo bobo. Eu quero lutar por você. Eu quero ficar com você, mas não posso jogar fora o dinheiro que minha mãe economizou durante anos para que eu pudesse viajar com conforto. Tenho que ir, mas eu prometo te ligar todos os dias e quando eu voltar nós vamos ficar trancados no seu quarto pelo resto da vida — disse emocionado e sincero.

— Opa! Trancados no quarto não, meu rapaz — intrometeu-se papai para a minha surpresa. Talvez a maior da noite se não fosse essa confusão toda.

Minha cabeça estava prestes a explodir quando resolvi fugir. Eu precisava sair dali, precisava esquecer o César ou tentar ignorar o fato de que ele tinha acabado de me beijar e iria viajar no dia seguinte para os Estados Unidos. Nós nem começamos a namorar e já íamos nos separar. Era muito injusto! Corri em direção ao meu quarto, mas César me impediu.

— Helô, vamos curtir essa noite, por favor! São só quatro meses, eu prometo não falar com nenhuma garota lá, nem mesmo com a aeromoça do avião. Vamos ser felizes hoje?

— Não! Eu não quero ser feliz só por hoje e sofrer com a sua ausência durante quatro meses. Como vou viver sem minha vida? Como vou ficar sem minha alma?

— Na verdade é...

— Cala boca, César! Deixe-me subir. Vamos terminar logo o que nem começou.

Ele me soltou e ficou encarando o chão desolado. Eu me tranquei em meu quarto e chorei até não conseguir mais! Só peguei no sono quando o dia já estava raiando. Quando acordei, ele já havia ido embora.

Capítulo 24

Longe de você

Look do dia: short jeans, blusa rosa com estampa de gatinhos, pantufas do pateta, cabelo ninho de rato, olhos inchados, coração apertado.

Minha mãe me deixou sozinha por alguns dias, mas depois deu um jeito de arrombar a porta quando percebeu que eu não iria abrir nem para o Papa. Eu estava sobrevivendo do chocolate e dos biscoito que mantenho guardados no armário para ocasiões como esta. Mentira, eu sou gulosa mesmo e escondo minhas guloseimas da mamãe, senão ela briga comigo o tempo todo.

Ela trouxe um lanche gostoso e me entregou uma carta do César. Meu primeiro impulso foi de rasgá-la em pedacinhos, mas achei melhor abrir do que ficar me remoendo de curiosidade durante dias.

> Linda, como você é difícil de esquecer
> Brega como eu, ninguém quer ser
> Amada, idolatrada e mimada
> Deu a louca no conto de fadas
> A princesa quer o sapo
> O sapo quer voar
> A princesa acha um saco

O sapo não sabe conquistar
A princesa roubou o coração do sapo
Que nem teve tempo de aprender de fato
A beijar um pato com bafo de mato
A princesa levou um sopapo
O sapo virou um trapo
A princesa teceu estrelas,
O sapo cantou borboletas
A mãe ajudou, a amiga tentou,
Mas de nada adiantou
A princesa mais uma vez se machucou
O sapo triste viajou para as terras geladas
E não conseguiu nem por um minuto esquecer
A tão desejada amada.

César

Olhei para aquela poesia e fiquei procurando o resto. Onde estão as palavras de amor? As declarações apaixonadas dos amantes? Cadê o meu final feliz? Eu não queria sofrer de novo, não queria passar por mais uma semana de músicas românticas, filmes de menina e livros com dramas intermináveis, porém não tem como evitar o sofrimento. É a segunda vez que perco o César neste livro e até agora não consegui escrever o nosso tão esperado momento perfeito.

Se é que existe um momento perfeito para garotas como eu. Estou me sentindo um lixo, uma poeira que tem a chance de voar e encontrar as estrelas, mas só viu a lama.

Meu Deus, minha filha! Como você é exagerada! César Rodolfo só ficou fora por quatro meses e mesmo assim tentou te ligar várias vezes, mas a senhorita se trancou no seu quarto e o evitou.
— Mãe da Helô

Ignore a mamãe, eu não me tranquei no quarto, pois tive que ir à escola, tive que fazer provas, tive que pegar meu boletim e descobri que tinha passado em TUDO. Iuhuuu, graças ao César! Tá, eu tenho que admitir que ele me ajudou muito e que meu coração ainda bate apertado quando ouço o telefone tocar, mas eu não consegui superar a sua viagem. Eu sei que são só quatro meses, mas já se passaram três e eu não tenho coragem de falar com ele.

A Marina me disse que eu estava sendo egoísta e que deveria estar curtindo junto com ele. Amanda, para completar, me mandou escolher muitos presentes importados e aproveitar que apaixonado do jeito que ele estava iria trazer tudo que eu pedisse.

Vou te contar, não sei em que momento minhas amigas inverteram os papéis, mas que elas estavam esquisitas, ah, isso estavam! Na verdade a minha vida toda estava de pernas para o ar. Eu não conseguia costurar direito. Toda vez que tentava fazer uma blusa, o sorriso do César vinha na minha mente. Até que desisti e comecei a comprar estampas de bocas e dentes, que eu detestava, e agora fazem parte da maioria das minhas roupas.

Lembrar do César era mais forte do que o meu impulso de esquecê-lo para sempre. Mamãe estava contente e ficou revoltada com a minha tristeza "sem motivo". Sem motivo para ela, que não perdeu o amor da sua vida. Antes que ela escreva algum comentário ridículo já vou logo dizendo que eu sei que são só quatro meses, mas, poxa, toda vez que nós tentamos nos acertar acontece algo que nos separa. Eu estou cansada disso! Primeiro foi a timidez dele, depois o caso Amanda e agora a viagem.

A única coisa que me dava consolo imediato era os meus livros. A essa altura eu já havia gastado quase toda a minha mesada em histórias de amor e comprado uma estante linda para decorar meu quarto com sabedoria. Para uma leitora iniciante, que até pouco tempo odiava ler, até que eu estava me saindo bem. Vez ou outra eu rabiscava uma poesia, uma crônica, uma carta de amor implorando por um final feliz ou lia um livro grande com um balde de pipoca caramelada do lado tentando esquecer o beijo doce do César.

— Heloisa, você sabe que dia é hoje? — Mamãe esmurrou a porta. Agora sobrava até para o pedaço de madeira. Pobrezinho!

Olhei para a porta sem a menor vontade de abrir e responder. Ela sempre queria falar comigo quando eu estava escrevendo só para descobrir alguma coisa dos meus sentimentos. Ela e César eram cúmplices. Volta e meia eu a ouvia conversar com ele sobre mim e sobre os passeios incríveis que ele andava fazendo e que gostaria muito de esfregar a sua alegria em minha cara.

Como eu sei disso tudo? Confesso que ouvi várias conversas na extensão do telefone. Eu não queria falar, mas queria ouvir. Claro que só consegui fazer isso depois de um mês morrendo de curiosidade. Ele ligava todos os dias no mesmo horário e eu já me preparava toda para puxar o gancho do telefone em silêncio.

— Não sei que dia é hoje e nem quero saber! — Gritei.

— Meu Deus, quando foi que criei uma filha tão estressada! — Resmungou mamãe. — Você sabe muito bem que não preciso da sua permissão para abrir essa porta, mas como hoje é o dia de ir ao aeroporto buscar o César, vou te esperar na sala em 30 minutos.

— Você está maluca? Só pode, né?! Eu não vou ver o César nunca mais! Ouviu bem?

Ela ficou em silêncio por alguns instantes e eu senti minha raiva aumentar. Eu sei que detesto quando ela se intromete na minha vida, mas tem momentos que preciso de suas palavras de incentivo para seguir em frente. Eu queria ouvir: "Pare de besteira e se arrume logo. Vocês dois se amam e logo, logo vão estar se agarrando no quarto, e seu pai ficará brigando comigo a noite inteira por ter incentivado isso". Mas ela só disse:

— Ok. Se você não quer tudo bem. Eu vou fazer unha no salão e depois fazer compras. Beijos.

Dei de ombros e me lembrei de um fato muito importante.

— Oh mãe, como é que hoje é o dia de buscar o César se só tem três meses que ele partiu?

Ela abriu a porta com força e me encarou.

— Filha, em que mundo você está?

Olhei para o meu quarto e vi bagunça para todo o lado. Vi meu mundo de pernas para o ar e percebi que adormeci no tempo.

— No meu oras — encarei o chão e suspirei. Eu deixei de existir por quatro meses. Eu esqueci que existia vida dentro de mim por 120 dias.

— Pois é, você ficou o tempo todo enfurnada nos livros e na costura e acabou se esquecendo de viver. Não sei nem como passou na escola. Filha, eu sei que foi doloroso se despedir do César por alguns meses, mas vocês sempre foram amigos e você não pode deixar tudo de lado só por causa de um obstáculo bobo — de novo, né? Na primeira vez que vocês descobriram o amor, eu entendi que eram muito novos e não quis interferir, mas sabia que vocês ainda nutriam sentimentos fortes um pelo outro. Você tentou namorar o Gabriel, mas não tinha aquele brilho nos olhos de quando eu mencionava alguma coisa do vizinho. E ele também ficava todo feliz quando eu falava de você.

— Mãe, para, por favor.

— Não, Helô. Você precisa aprender que o amor não é brincadeira, não é fácil, mas também não é um bicho de sete cabeças. Se você ama alguém com todas as forças, você não pode se autodestruir toda hora que surgir algo difícil de ser superado. Você tem que pensar e arrumar um jeito de encontrar a felicidade. Se não estiver feliz, tente novamente. O que não vale é ficar na fossa por quatro meses e deixar o outro triste por não conseguir nem um alô seu.

Abracei a mamãe e chorei até não poder mais. Ela estava certa. Eu fui uma burra de ignorar o César e perder este momento tão importante em sua vida. Fazer intercâmbio é muito bom, mas viajar com uma dor no peito deve ser horrível.

Eu precisava fazer algo a respeito, mas não iria dar show no aeroporto. Pedi para mamãe entregar um bilhete a ele assim que chegasse ao Brasil. Se ele ainda me amasse, entenderia o recado.

Procura-se sapo solitário no parque mais próximo. Favor vir desacompanhado, sem a armada real. Princesa arrependida, princesa apaixonada, princesa que precisa recuperar o tempo perdido.

"Amar o perdido deixa confundido este coração" — Carlos Drummond de Andrade!

Helô

Capítulo 25

Para ver o sol nascer

Look do dia: vestido estampado de flores cor--de-rosa, sandália caramelo, cabelo solto e liso, maquiagem moderada e coração vibrante.

Quando cheguei ao parque onde aconteceu o nosso primeiro e fatídico beijo fiquei com uma vontade enorme de chorar. O que eu fiz com o meu coração? Por que o maltratei tanto? Se tivesse ouvido as suas batidas teria dado um jeito de conquistar o meu amor, mas não! Fui orgulhosa e deixei o César viajar sem nem um abraço de despedida. Eu entenderia se ele não quisesse mais olhar na minha cara, mas quando o vi sorrir para mim em sua bicicleta velha, não resisti. Corri em sua direção, me cortei toda no mato alto e parei a poucos centímetros de sua boca. Eu queria beijá-lo, mas não tinha certeza se seria rejeitada de novo. O coração batia descompassado, implorando por um sim. A cabeça martelava em agonia, implorando por cautela. Razão ou emoção? Com César ou sem César?

Ele entendeu a minha confusão e me abraçou. Com lágrimas nos olhos pude perceber o amor guardado todos esses anos. Um amor de infância, um amor inocente que tinha se transformado em mágoas e agora renascia.

— Helô, comprei um presente para você lá nos Estados Unidos — ele tirou do bolso um cordão de ouro com dois pingentes lindos. Um em formato de livro e outro de tesoura — Quero que saiba que pensei em você o tempo todo e me senti muito mal por ter te abandonado no momento mais feliz de nossas vidas. Comprei esse colar porque sei que você ama costurar e agora ama ler também. Esses são os seus dois amores.

Olhei para ele chocada e muito feliz com o presente. Era lindo, meigo e romântico.

Ficamos respirando e suspirando por minutos até que nos beijamos com ardor, senti meu corpo pegar fogo e minha cabeça formigar de emoção. Eu não queria parar de beijá-lo, queria continuar me sentindo nas nuvens, queria curtir um pouco do meu final feliz no parque. Queria mostrar para ele que o meu beijo tinha sabor de mel e desfrutar o gosto da sua boca. Mas eu tinha que fazer o que deveria ter feito há muito tempo.

— César, me desculpe por tudo. Desculpe por ter sido uma péssima amiga, por ter te chamado de melequento, por ter zombado de você nas aulas, por incentivar Amanda, quando na verdade eu estava apaixonada por você. Aliás, sempre fui, mas é difícil admitir que seu amor de infância que te rejeitou é o grande amor da sua vida. Você é o meu terceiro amor. Vamos ter de acrescentar um pingente com a carinha de um garoto no colar — sorri e esperei sua resposta com um nó na garganta. Tinha muito medo de ser rejeitada novamente.

Ele me olhou sério, limpou os olhos encharcados de água e me deu um beijo suave para selar a paz.

— Helô, desculpe por ser tão orgulhoso, por ser tímido e ter te afastado no momento em que mais te queria por perto, por ser feio e por tirar meleca nas horas mais erradas, por não ter te avisado da viagem e por ter ficado com a sua melhor amiga sabendo que um dia você gostou muito de mim. Eu te amo muito e sempre vou te amar.

Uma borboleta pousou no meu ombro e nós ficamos olhando-a dançar ao vento por um bom tempo até que decidimos nos sentar no banquinho onde tudo começou e admirar o sol.

— Heloisa Martinez, aceita namorar comigo, me aturar dando aulas de português e dicas de livros clássicos que você adora, mas finge detestar?

— César Rodolfo Machado, aceita namorar comigo, ser meu modelo de roupas masculinas, aguentar meus momentos de TPM e me ensinar as maravilhas da literatura?

— Sim! — gritamos juntos e gargalhamos por um bom tempo até percebermos que o sol já estava indo embora e que era a hora de começar uma linda história de amor.

FIM

Caro editor, favor apagar todos os comentários de pessoas indesejadas no meu livro. O livro é MEU e só MEU. Leram isso Marina e mamãe? Afe! — Helô

Querida Heloisa, eu seria uma criminosa se apagasse comentários tão bons para o desenvolvimento da história.

Abraços, sua editora preferida — Editora

Agradecimentos

Entre Dois Amores entrou em minha vida de uma forma tão avassaladora que foi praticamente impossível fazer outra coisa enquanto escrevia a história. Criei com muito carinho os personagens, que surgiram em minha mente durante uma aula de Direto do Trabalho. Por isso, quero agradecer ao professor Rodolfo César por me inspirar a criar o protagonista masculino da história e ao seu jeito ousado de cativar os alunos durante quatro horas de aula.

Não posso deixar de citar toda equipe da Editora Planeta que acreditou em mim e batalhou muito pelo livro.

Quero agradecer muito à Marisa Moura, minha agente literária, que apostou em mim em momentos de tempestade, a minha família, que sempre me apoiou e vai aos meus lançamentos munida de muita animação e ao Bruno pelas palavras de incentivo diárias. Por último, e muito, muitoooo importante, quero agradecer aos meus leitores, blogueiros, "estrelláticos", leitoras-beta, escritores amigos e seguidores. Sem vocês eu nada seria. Vocês me dão luz e força para continuar esta jornada de cabeça erguida. Muito obrigada pela realização de mais um sonho. #famíliaEstrellática.

Playlist do livro

Little Things – One Direction (música do casal)
What Make You Beautiful – One Direction
Love You Like a Love Song – Selena Gomez
Give Your Heart a Break – Demi Lovato
Hoje – Ludmilla
Show das poderosas – Anitta
Monte Castelo – Renato Russo
Lucky – Jason Mraz e Colbie Caillat
She´s on fire – Train
Paradise – Coldplay
I´ll Be There For You – The Rembrandts
Shake It Off – Taylor Swift
Meu novo mundo – Charlie Brown Jr.

Este livro foi composto em Adobe Caslon Pro
e impresso pela Intergraf para a Editora
Planeta do Brasil em julho de 2015.